JN078067

願いをつないで、あの日の僕らに会いに行く

小春りん

See us at that day linking our wishes.

by Lin Koharu

book design ／ 齋藤知恵子
illustration ／ ピスタ

——初恋《はつこい》の人が死んだ。

その訃報《ふほう》は、瞬《またた》く間に拡散された。
私は今日、彼《かれ》の通夜《つや》に参列するため、約一年半ぶりに帰省する。
でも、いまだに現実を受け止められない。
だって信じられない、信じたくない。
憧《あこが》れの的だった彼が〝自殺〟したなんて……。
信じられるはずがないんだ。

『もしも……ひとつだけ願いを叶《かな》えられるとしたら、どうする？』

世界が混乱していたあの日、きみに問われた言葉を思い出す。
あの日の私は弱虫な臆病者《おくびょうもの》で、答えることができなかったけれど。
今なら、間違《まちが》いなくこう言うよ。

「もう一度、きみに会いたい」

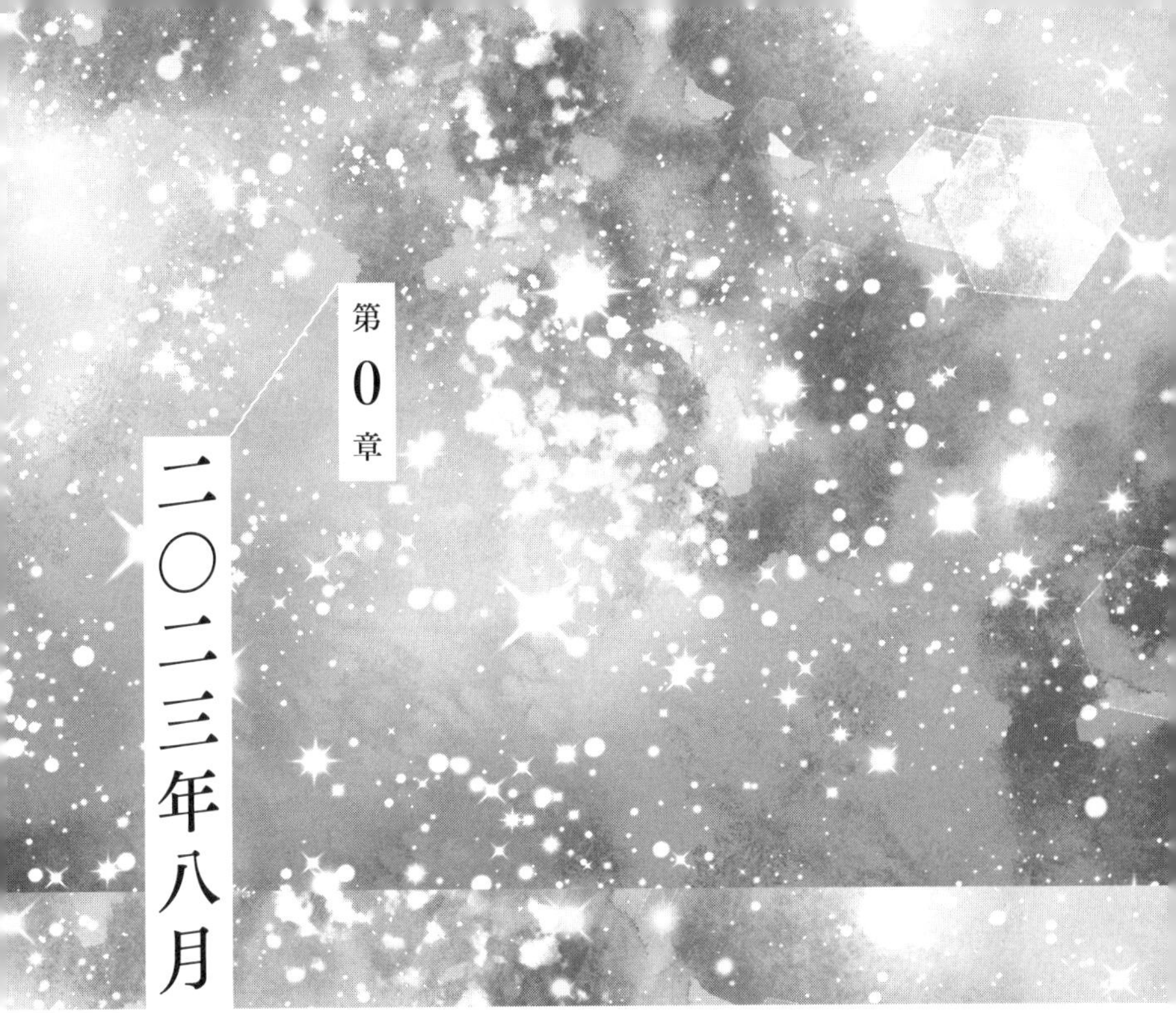

第0章
二〇二三年八月

See us at that day linking our wishes.
by Lin Koharu

【今年は各地で花火大会が開催《かいさい》される予定で、会場も多くの人で賑《にぎ》わうことが予想されます】

二〇二三年、八月九日水曜日。

私、滝瀬六花《たきせりっか》は電車に揺《ゆ》られながら、スマホでニュースを読んでいた。

耳に押《お》し込《こ》んだイヤホンからは、夏らしいアップテンポな曲が流れ始める。

とてもじゃないけど今の気分には合わない曲だ。

イヤホンを外した私はスマホも一緒《いっしょ》に閉じてカバンにしまうと、懐《なつ》かしい景色が流れる窓の外を眺《なが》めた。

真っすぐな水平線と、水面に反射する陽の光がとてもきれい。

地元に帰ってくるのは大学入学を機に都内でひとり暮らしをするようになってから初めてなので、約一年半ぶりだった。

通っている都内の大学から実家までは二時間かからないくらいの距離《きょり》だけど、実家には九十歳になる祖母がいるから帰りづらかった。

《次は海凪《うみなぎ》高校前駅、次は海凪高校前駅。降り口は左側です》

聞き慣れた駅名のアナウンスが流れた。

席を立った私は電車を降りると、海凪高校前駅の改札を出た。

そして、家を出てからここまでずっとつけっぱなしだったマスクを外した。

「はぁ……息苦しかった」

深呼吸をすると潮の香りが身体に染みて、心が解放感で満たされる。

今年の五月にコロナが五類になって以降、マスクをしない人はずいぶん増えた。

だけど私は電車内やお店の中、人の多い場所ではいまだにマスクをしないと落ち着かなかった。

いったい、いつになったらマスクを完全に手放せる日がくるのだろう。

なんて、つい後ろ向きに考えてしまうけれど。

目の前に広がる海で海水浴を楽しむ人たちを見たら、世界が〝コロナ前の生活〟を取り戻《もど》すために前進していることを実感した。

「あ……」

そのとき、肩《かた》にかけたカバンの中でスマホが震《ふる》えた。

慌《あわ》てて取り出して画面を見ると、【河野智恵理《こうのちえり》】という親友の名前が表示されていた。

「はい、もしもし」

《六花～。今、どのあたり？》

電話に出ると、鈴《すず》を転がすような声が聞こえた。

だけどその声は、普段《ふだん》と比べると元気がない。

「予定よりも一時間早い電車に乗ったから、もう海凪高校前駅についたよ」

《マジ？　私は、もう少ししたら家を出る予定だったんだけど……。六花が早くつきそうなら、私も早めに会場に向かおうか？》

「あー、いいよいいよ。私もこっちに帰ってくるの久しぶりだし、ちょっと寄り道していこうかなって思ってるから」

曖昧《あいまい》に笑うと、智恵理は少しだけ沈黙《ちんもく》してから《わかった》と、やっぱり元気のない声で答えた。

「会場の場所は、昨日の夜にグループメッセージで送られてきたところであってるよね？」

《うん。念のため、連絡《れんらく》くれた大夢《ひろむ》にも個人的にメッセして確認したけど、場所も時間も昨日の夜に送った内容で間違いないって》

——間違いない。

それは、これから私たちが参列予定の、〝彼の通夜〟の詳細《しょうさい》についてだということは、わかっている。

だけど私は、彼は〝間違いなく〟もうこの世にはいないのだと告げられたように感じて、胸が苦しくなった。

《……六花、大丈夫《だいじょうぶ》？》

私が黙《だま》り込んだせいで、智恵理の声のトーンがさらに落ちた。

「ごめん、大丈夫。でも、やっぱり……なんていうか、まだちょっと信じられなくて」

彼と出会い、同じ時間《とき》を共有した海凪高校――母校の近くにいるからだろうか。

悲しみを誤魔化《ごまか》しきれなくて、声が震えてしまった。

すると、智恵理も小さく鼻をすすったのが、受話器越《ご》しに聞こえた。

《ほんと……信じられないよね。まさか、あの優吾《ゆうご》くんが、自殺するなんてさ》

優吾――。〝彼〟の本名は、高槻《たかつき》優吾という。

私と智恵理の同級生で、生きていれば大学二年生。今年、二十歳《はたち》を迎《むか》える年だった。

《優吾くんは、どちらかというと自殺しそうな人を止めるタイプっていうか。絶対にやめろとか言いそうな感じだったのに》

私と智恵理は高校時代、高槻くんが所属していた海凪高校男子バスケットボール部のマネージャーをしていた。

当時の高槻くんは智恵理が今言ったとおりリーダーシップがあって、悩《なや》んでいるチームメイトがいたらさり気なく声をかける人格者で、常にチームの中心にいる人だった。

ちなみに、当時のまま残されていた男バスのグループメッセージに高槻くんの訃報を知らせてくれたのは、高槻くんの親友でチームメイトだった深田《ふかだ》大夢くんだ。

《昨日、大夢からちょっと話を聞いたんだけどさ……。優吾くんの遺体は、海で見つかったんだって。目立った外傷がない上に、ちゃんと服を着ていたってことで、警察には事件性はないって判断されたみたい》

遺体が見つかった場所の近くの浜辺《はまべ》に、高槻くんの靴《くつ》が揃《そろ》えて置いてあったのも発見されたらしい。

諸々の状況《じょうきょう》を鑑《かんが》みた結果、自殺と断定されたということだった。

《……やっぱりさ、優吾くんが自殺したのって、〝あの事件〟が原因なのかな》

智恵理が、ほんの少し言いづらそうにつぶやいた。

「それ……大夢くんが、電話でそう言ってたの？」

間髪《かんはつ》を容《い》れずに尋《たず》ねると、智恵理は《ううん、言ってないけど》と、ひと呼吸置いてから答えた。

智恵理が言う〝あの事件〟とは、私たちが高校三年生のときに起きた〝ある出来事〟のことだ。

高校三年生になった高槻くんは、部活動の集大成ともいえる大会――いわゆるインターハイの予選が始まる直前にコロナに感染してしまった。

結果として海凪高校男子バスケットボール部は、その年のインターハイの出場辞退を余儀《よぎ》なくされた。

責任を感じた高槻くんは男バスのみんなと距離を取るようになり、数年経っても傷が癒《い》えることはなく、ついには自死を選択《せんたく》するまで追い込まれてしまった――。

「さすがにそれは、智恵理の考えすぎじゃない？　だって、あれから二年も経ってるんだよ」

《でもさ、優吾くんが自殺する原因で思い当たることといったら、あの事件しかなくない？》

「それは……私たちは高校を卒業してから高槻くんと関わりがなかったからわからないでしょ。そもそも、当時も今も、あのことで高槻くんを責める人なんて、ひとりもいないよ」

《もちろん、そうだけどさ！　でも、本人が一番気にして、自分を責めてた可能性は

十分にあるでしょ？》
「うーん……。だとしても、そんなことで自殺なんてするかな」
《実際に、あの事件以降、優吾くんは男バスの部員と距離を取るようになったわけじゃん。親友だった大夢ですら距離を置かれて、優吾くんが高校卒業後は、どこでなにをしていたかも知らなかったらしいし》
智恵理の声が小さくなる。
私は、あの事件が起こる前の高槻くんと大夢くんの仲の良さを思い出して胸が痛くなった。
《大夢は優吾くんのお母さんと連絡先を交換《こうかん》してたから、優吾くんのお母さん経由で訃報を知ったみたいだけどさ——……って、あっ！　ごめん。お兄ちゃんからキャッチ入っちゃった。とりあえず、話の続きはまたあとでね！》
「う、うん。わかった」
結局、話の途中《とちゅう》で通話は切れてしまった。
喪服姿《もふくすがた》の私は、声が聞こえなくなったスマホを、しばらくその場に立ち竦《すく》んだまま眺めていた。
「あ……」

と、不意に足元にぬくもりを感じて、何気なく視線を落とした。

いったいどこから現れたのか。可愛らしい黒猫《くろねこ》が、甘《あま》えるように私の足にすり寄っていた。

黒猫は尻尾《しっぽ》の先が矢印のように短く折れ曲がっている。

「きみは、どこから来たの？」

手を伸《の》ばして触《ふ》れようとした。

だけどその瞬間《しゅんかん》、黒猫は甘えていたのが嘘《うそ》のように走り去ってしまった。

不思議と、黒猫が去ったあとには潮の香りが残った。

「ハァ……」

──高槻くんのお通夜が始まるまで、まだ時間がある。

ため息をついた私は、ほぼ無意識のうちに黒猫が消えたほうへと足を向けていた。

そのままなにかに導かれるように動きだした私は、高校時代、毎日のように通った通学路を歩き始めた。

駅から高校までは、徒歩で十分とかからない距離だ。

坂道を上ってたどり着いた先には、つい一年半前まで通っていた私たちの母校・海凪高校があった。

建物の外観だけでなく、空気感も以前とまるで変わっていない。

「ちょっとだけなら、入ってもいいよね」

一応、OGということで。

私は、なるべく人目につかないように敷地内《しきちない》に入ると体育館に向かった。

高校時代は散々通った場所なのに、なんとなく心細いし疎外感《そがいかん》を覚えてしまう。

卒業して一年半しか経っていないのに不思議だ。

体育館の前で足を止めた私は、懐かしさ以上に物寂《ものさび》しさを感じていた。

今日は体育館を使う部活はお休みなのか、あたりは静まり返っている。

――そもそも私は、どうしてここに来たんだろう。

ガランとした空気に触れたら、急に冷静になってしまった。

最初からそのつもりだったみたいにここまで入ってきてしまったけれど、べつに海凪高校に立ち寄る予定はなかったのだ。

「ダメダメ、帰ろう。あ……」

と、来た道を引き返そうとしたら、体育館のドアが開いていることに気がついた。

きっと、誰《だれ》かが鍵《かぎ》を閉め忘れたんだ。

私が男バスのマネージャーをしていた当時は、最後に使った人が鍵を閉めて、鍵を職員室に戻すルールになっていた。

「キャプテンとか先生にバレると、ちょっと厳しく注意されちゃうんだよね」

鍵を閉め忘れた子に口では同情しながら、私はまたなにかに導かれるように歩き出した。

そして、ドアの前で靴を脱《ぬ》ぐと、体育館内に足を踏《ふ》み入れた。

次の瞬間、高校時代に何度も嗅《か》いだことのあるワックスとゴムの匂《にお》いが鼻先をかすめて、当時にタイムスリップしたような気持ちになった。

体育館の中は、あのころと少しも変わっていなかった。

思わず感傷に浸《ひた》っていたら、体育館の隅《すみ》にバスケットボールが置き忘れられているのを見つけた。

「これも、バレたら怒《おこ》られちゃうやつだ」

体育館の施錠《せじょう》はどうにもできないけれど、ボールの片づけくらいは今の私にもできる。

親切心でボールを拾い上げた私は、それを対角線上にある体育館倉庫にしまいに行こうとした。

でも——倉庫に向かう途中で、懐かしい記《き》憶《おく》が脳裏をよぎって足を止めた。

『もしも……ひとつだけ願いを叶えられるとしたら、どうする？』

それは高校三年生のとき、この場所で、高槻くんに言われた言葉だった。

反射的にフリースローラインに目を向けた私は、思わず息をのんだ。

海凪高校には、フリースローラインに立って願い事を口にしたあと、スウィッシュシュートを決めると、口にした願いが叶うという伝説がある。

スウィッシュシュートとは、ボールがゴールリングに当たらずに入るシュートのことをいう。

いったい、誰が言い始めたことなのか。

バカバカしい話だとは思うけれど、初めて聞いたときには夢のある伝説だと思った。

「高槻くん、なんで死んじゃったんだろう……」

フラフラと歩き出した私は――気がつくと、あの日の高槻くんと同じように、バスケットボールを持ってフリースローラインに立っていた。

途端《とたん》に無力感ややるせなさ、悲しみや寂しさがあふれだす。

高槻くんは、私の初恋の人だった。

でも、私が密かに憧れていただけで、高槻くんに恋《こい》をしていたことは、親友の智恵理にすら話したことはなかった。

そもそも高槻くんと私は高校時代、あまり会話をしたことがない。

同じクラスになったこともあったし、男バスの部員とマネージャーという関係だったのに、友達とはいえない間柄《あいだがら》だった。

目鼻立ちが整っているだけでなく、背が高くてスポーツ万能で。女子の憧れの的だった高槻くんは、地味で目立たない私にはとても遠い存在だったのだ。

だからあの日、体育館で偶然《ぐうぜん》高槻くんと出くわしたときには驚《おどろ》いた。

そして、思えばあれが、高槻くんと交わした最後の会話だった。

「って、あんなの会話といえないか……」

そのときのことを思い出したら、苦笑いがこぼれた。

あの日、突然《とつぜん》好きな人――高槻くんに話しかけられた私は焦《あせ》って動揺《どうよう》してしまい、
高槻くんの質問に答えることができなかった。

なにも言わない私に苛立《いらだ》ったのか、高槻くんに『今のは忘れて』と、冷たい声で言われて話は終了《しゅうりょう》。

いたたまれなくなった私は高槻くんに背を向け、逃《に》げるように体育館を立ち去った。

「ほんと、弱虫な臆病者……」

本当は高槻くんの質問に答えて、もっといろいろ話したかった。

許されるなら、〝高槻くんにも叶えたい願い事があるの？〟って、聞き返したかった。

そんなこと、今さら後悔《こうかい》しても遅《おそ》いけれど。

高校時代を思い返すと苦い経験ばかりが頭をよぎって、胸が痛かった。

「だって高校生活の半分以上が、コロナで終わっちゃったんだもんなぁ」

言い訳するようにつぶやいた。

私たちは不遇《ふぐう》な学生時代を過ごした、いわゆる〝コロナ世代〟というやつだ。

コロナに直面したのは高校一年生の終わりからだけど、コロナパンデミックが起こらなければ、もっと充実《じゅうじつ》した高校生活を送れていたことは間違いないと思う。

コロナのせいで諦《あきら》めたこと、諦めさせられたことがたくさんあった。

智恵理が言っていた、高槻くんが自殺した理由かもしれないあの事件だって、コロナさえなければ起こらなかったことなのだから。

「もしも、ひとつだけ願い事を叶えられるとしたら……」

この世界を、コロナの脅威《きょうい》から救ってほしい。

だけど、今さらそんなことを願ったって、高槻くんは生き返らないんだ。

バスケットボールを持つ手に力を込めた私は、顔を上げると真っすぐにゴールリングを見つめた。

そして、当時、ずっと目で追っていた高槻くんを思い出しながら、顔の前でボールを構えた。

「もう一度、高槻くんに会いたい」

震える声でつぶやいたあと、私は膝《ひざ》をバネにして、ボールを高く――高く、放った。

すると、私の手を離《はな》れたボールは美しい弧《こ》を描《えが》いてゴールリングに吸い込まれた。

「う、嘘……。入った……？」

見事なスウィッシュだった。

シュートが入ったあと体育館の床《ゆか》に落ちて弾《はず》むボールの音が、私の鼓動《こどう》とシンクロしているみたいに大げさに鳴っていた。

「…………」

そのボールの音が止むまで、私は呆然《ぼうぜん》と立ち尽《つ》くしたまま動けなかった。

我に返ったときには、ボールはまた体育館の隅に転がっていて、目の前にはここに来たときと同じ景色が広がっていた。

「あ、はは……。だよね。なにも起こらないよね」

一瞬《いっしゅん》、なにか起きるんじゃないかと期待してしまったけれど。

残念ながら、なにかが起きる気配はなかった。
やっぱり、ただの迷信だったんだ。
もう一度苦笑いをこぼした私は、ボールを拾おうとして足を前に踏み出した。
「え――」
そのときだ。
突然、グニャリと視界が揺れた。
「なに、これ……っ」
直後、立っていられないほどの目眩《めまい》に襲《おそ》われた私は、体育館の床に膝をついた。
そして、崩《くず》れるようにその場に倒《たお》れ込んでしまった。
助けを呼びたいのに、口をハクハクと動かしても声が出なかった。
視線の先には、先ほどゴールリングに吸い込まれたバスケットボールが転がっている。
――もう一度、高槻くんに会いたい。
つい先ほど口にした願いが、頭の中でリフレインした。
そのまま私は、体育館の床の冷たさを感じながら……ゆっくりと意識を手放した。

第1章

二〇一九年四月

See us at that day linking our wishes.
by Lin Koharu

「——マジで寝《ね》てんのかよ。なぁ、おい、起きろ」

「んっ……？」

白い光が眩《まぶ》しい。

どこかで聞いたことのあるような、懐かしさを覚える声に導かれて、私は目を覚ました。

「初日から、堂々と寝てんじゃねーよ」

「は……えっ!?　あっ、ごめんなさい！」

大学の講義中に寝てしまっていたんだ！

そう思った私は、飛び起きて立ち上がった。

「え……？」

でも、次の瞬間、今度は驚いて息をのんだ。

私が今いるのは、大学ではなかった。

目の前に広がっていたのは、懐かしい教室の風景。

そして前の席には、私がつい先ほど『会いたい』と願った——……ううん、もう二度と会えないはずの〝彼〟がいた。

「た、高槻くん？」

「は？　そうだけど……」

答えてくれた高槻くんは、怪訝《けげん》そうに眉根《まゆね》を寄せた。

マスクをしていない高槻くんの顔を見るのは久しぶりで、思わず穴が開くほど見つめてしまった。

「っていうか、早くプリント受け取ってくんない？」

「あ……。は、はい……」

心臓の音が、ドキドキとうるさい。

差し出されたプリントを慌てて受け取った私は、茫然《ぼうぜん》自失《じしつ》して自分の席に腰《こし》を下ろした。

周りの子たちは、私を見てクスクスと笑っている。

教壇《きょうだん》に立っている先生には、「入学早々寝るなんて、滝瀬は気合入ってるなぁ」とからかわれてしまった。

いや…………いや。ちょっと待って。

当の私はといえば、大混乱だ。

受け取ったばかりのプリントを手にしたまま、必死に今の状況を頭の中で整理した。

なにがどうなっているのだろう。

私は今、目の前にいる――プリントを渡《わた》してさっさと前を向いてしまった高槻くんのお通夜に参列するために、約一年半ぶりに地元に帰ってきた……はずだった。

そして、お通夜の時間まで余裕《よゆう》があったので、母校の体育館に立ち寄った。

そこでバスケットボールを見つけて、感傷に浸りながらフリースローラインに立って、スウィッシュシュートを決めたところまではハッキリと覚えている。

「あ、そっか。つまりこれは、夢ってことかぁ」

ようやく状況を理解した私は納得して頷《うなず》いた。

うん、夢だ。そもそも、考えるまでもないことだった。

だとしたら、早く目を覚まさなきゃ。

だって私はこのあと、高槻くんのお通夜に参列しなければならないのだから。

「とりあえず、ベタだけど頬《ほお》をつねるべきかな？　うん、そうしよう……って、イタタっ!?」

ところが夢だと確信しながら頬をつねったら痛かった。

意味がわからず唖然《あぜん》としていたら、前の席の高槻くんが、また別のプリントを渡そうと振《ふ》り向いた。

「……ひとり言、エグすぎ」

今度は手渡されることなく、プリントは無造作に机の上に置かれた。

私は頬が熱くなるのを感じながら、机から滑《すべ》り落ちそうになったプリントを、慌てて捕《つか》まえた。

いや、これ、本当になにが起きてるの？

ドクドクと高鳴る鼓動の音はやけにリアルで落ち着かない。

再度、夢かどうかを確かめるために太ももをつねったら、やっぱり普通《ふつう》に痛かった。

え？　もしかして、これ、夢じゃないの？

私は必死に動揺を押し込めながら、視線だけで周囲を見渡してみた。

すると、あることに気がついた。

――ここは、私が高校一年生だったときの教室だ。

そして教室内にいるのは、高校一年生のときのクラスメイトたち。

私の苗字《みょうじ》が滝瀬だから前の席が高槻くんだというのも、当時と同じだった。

「これから高校生活を送るにあたって気をつけるべきことや、三年間のざっくりとしたスケジュールが、今配ったプリントに書かれているから目を通しておくように」

そう言ったのは、高校一年生のときに私たちのクラス担任だった榎里《えのさと》先生だ。

クマみたいに身体の大きな若い男の先生だけど、優しくて面白いから生徒たちに人気があった。

「二〇一九年、四月……」

たった今配られたプリントの右上に書かれている日付を、自分にしか聞こえない声で口にした。

二〇一九年といえば、私が海凪高校に入学した年だ。

つまり、これが夢ではなく現実なのだとしたら、私は高校一年生の四月にタイムスリップしたということなのかもしれない。

「いやいや、あり得ないでしょ」

思わずつぶやいてしまってから、つい先ほど高槻くんに言われた言葉を思い出して口をつぐんだ。

また、ひとり言がエグいと言われてしまう。

とはいえ、こんなのうろたえるなというほうが無理だ。

そもそも、仮に私の予想どおりだとしたら、どうして私はタイムスリップなんてしてしまったのだろう。

頭を抱《かか》えた私は、すぐに〝あること〟を思い出して目を見開いた。

現代――つまりタイムスリップ前の二〇二三年で、私は〝あること〟をした。

「願い事と、スウィッシュシュートだ……」

また、つい口に出してしまった。そのせいで、前の席からは舌打ちが聞こえた。

背中を丸めて小さくなった私は、そのときのことをあらためて頭の中に思い浮《う》かべた。

海凪高校には、フリースローラインに立って願い事を口にしたあと、スウィッシュシュートを決めると口にした願いが叶うという伝説がある。

そして私は、『もう一度、高槻くんに会いたい』と願い事を口にして、見事な偶然でスウィッシュシュートを決めた。

「伝説は、本当だったんだ」

今度は口に出さずにはいられなかった。

たぶん、前の席の高槻くんには、私はひとり言がエグい同級生として完全に認識されてしまったことだろう。

だけど中身が二十歳なことも関係しているのか、不思議と開き直るのも早かった。もはやひとり言がどうとか、どうでもいい。タイムスリップという、非現実的な出来事に比べたら気にするまでもないことだ。

私はあらためて、高槻くんの広い背中を眺めた。

入学したてだからブレザーも新品で、シャツの襟《えり》はパリッとしている。

黒板が見えづらくて、すごく背の高い人だなぁと思ったんだ。

ワックスで整えられた黒髪《くろかみ》はオシャレだけど、後頭部の一部に寝癖《ねぐせ》がついているのを見つけるたびに可愛いなぁと思っていた。

目を閉じればつい先ほど、プリントを配るために振り向いた高槻くんの顔が思い浮かぶ。

きれいな二重《ふたえ》瞼《まぶた》に、形の良いアーモンドアイ。筋の通った鼻に、薄《うす》い唇《くちびる》。高槻くんは入学直後から、同学年の女子の注目の的だった。

ううん、女子だけじゃない。高槻くんは男子からの人望も厚く、周りはいつも賑やかで、輝《かがや》いて見えた。

「そうそう、部活動についてだけど。部活に入る場合は、配布したプリントにホチキスで留められている入部届を、再来週までに俺《おれ》に提出するように～」

榎里先生の声で我に返った私は、たった今説明された入部届に視線を落とした。

入部届には学年と氏名、そして入部を希望する部活動名を書く欄《らん》がある。

入学初日に入部届について説明されたのも、〝一度目の高校生活〟のときと同じだった。

つまり、もしも私が本当にタイムスリップしているとしたら、このあとも一度目のときと同じことが起きるというわけだろうか。

半信半疑でドキドキしながら、私はそのあとひとり言を自粛《じしゅく》して、榎里先生の話に耳を傾《かたむ》けた。

「おっ、チャイム鳴ったな。それじゃあ、日直、号令よろしく」

そうして、懐かしいチャイムの音とともに高校生活初日の一限目が終了した。

休み時間になると教室内にはまた少し緊張感《きんちょうかん》が走って、クラスメイトはそれぞれ手探りで友達探しを始めた。

「六花～！　もうっ、初日から居眠《いねむ》りとかなにやってんの⁉」

と、別の意味で緊張して身構えていた私のもとに、高校生の智恵理がやってきた。

智恵理と私は同じ中学出身で仲が良かったから、高校でも同じクラスだと知ったときにはお互《たが》いに喜んだのだ。

「ち、智恵理がＪＫだ……」

制服姿の智恵理を見た私は、つい感動してつぶやいてしまった。

すると智恵理には、

「はぁ？　なに言ってんの。六花も今日からＪＫでしょ！」

なんて、明るくツッコまれた。

「あ、はは……。そうだよね、ごめん」

「もう、しっかりしてよね～。朝、ＪＫ楽しもうねって話したばっかじゃん！」

会話の内容はともかくとして、休み時間に智恵理が私の席に来て声をかけてくれたところは一度目と同じだった。

私はドキドキしながら、このあと智恵理から切り出されるだろう話題を待った。

「ねぇ、それでさ。六花は部活、どうする？」

キタ！

智恵理にそう質問された瞬間、疑念が確信に変わった。

「六花さえ良ければさ、一緒に男バスのマネージャーやらない？」

――間違いない。私は、過去にタイムスリップしている。

やや遠慮《えんりょ》がちに尋ねる智恵理の言葉と様子は、一度目のときと完全に同じだった。

「ちょっと。六花、私の話、聞いてる？」

「う、うん。もちろん聞いてるよ。男バスのマネージャーをやらないかって話だよね」

「そう。どうかな？」

「わ、私は……べつに、やってもいいけど」

一度目のときと同じ答えが言えただろうか？

私は不安になりながら智恵理の顔色をうかがったけど、心配無用とばかりに智恵理の表情が明るくなった。

「ほんとに!?　よかった～。六花、中学のときは家庭科部だったし、絶対断られるかと思った！」

安堵《あんど》する智恵理を前に、曖昧な笑みがこぼれた。

実際、一度目のときの私は高校では部活に入るつもりはなかったし、智恵理に誘《さそ》われなければ男子バスケットボール部のマネージャーなんて絶対にやらなかったと思う。

でも一度目のときは、智恵理に誘われて〝なんとなくやってみたいな〟と思ったことだけはハッキリと覚えていた。

せっかく高校生になったんだし、少しくらい高校生らしいことができたらいいな。

私はそんな不純な動機で、男バスのマネージャーをやることにしたのだ。

「おい、優吾！　放課後、バスケ部の見学行こうぜ！」

そのとき、そばで賑やかな声が聞こえた。

ハッとして目を向けると、そこには制服姿の大夢くんがいた。

「ひろ――」

と、口にしかけた名前を、私はとっさに飲み込んだ。

危ない。このときの私と大夢くんは、話したこともない完全初対面だ。

いきなり、〝大夢くん〟なんて親しげに声をかけたら、絶対に怪《あや》しまれてしまう。

「ん？　今、俺のこと呼んだ？」

でも、大夢くんには聞こえてしまったらしい。

私は必死に首を左右に振って、〝呼んでません、勘違《かんちが》いです〟とアピールをした。

「ねぇねぇ、もしかして、ふたりって男バス入部するの⁉」

前に出て声をかけたのは智恵理だった。

おかげで不思議そうに私を見ていた大夢くんの視線が、智恵理に移った。

「あー、うん。俺ら同中で、中学のときもバスケ部だったんだ。で、そっちは……って、ええと、ごめん。名前聞いていい？」

「私は、河野智恵理！　それでこの子は、滝瀬六花だよ！」

「オッケー。智恵理ちゃんに、六花ちゃんね。俺は深田大夢。同じクラスに深田って苗字のやつがもうひとりいるし、俺のことは大夢って気軽に呼んで。それで……こいつは、高槻優吾」

大夢くんに紹介《しょうかい》された高槻くんは、素っ気ないながらも「どうも」と言って、会釈《えしゃく》してくれた。

その感じが懐かしくて、私はまた内心ドキドキしてしまった。

コミュニケーションおばけな大夢くんと、基本的にクールな高槻くんが仲良しなのを、高校生活二周目の今回も不思議に思った。

「大夢くんに、優吾くんね。これからよろしく〜。ねぇねぇ、それでさ。うちらも今、男バスのマネージャーをやりたいねって話してたんだ」

大夢くんと同じくコミュ力が高い智恵理が、嬉《うれ》しそうに話を続けた。

だけど智恵理のその言葉を聞いた私は、あることを思い出して肝《きも》を冷やした。

「ふたり、さっきバスケ部の見学に行こうかって話してたよね？　それ、うちらも一緒に行っていい？」

「ち、智恵理——……！」

慌てて止めに入ったけど、あと一歩届かず、時すでに遅しだった。

一度目のときの、このあとの流れが脳裏をよぎる。

恐《おそ》る恐る高槻くんに視線を向けると、案の定、高槻くんの顔が引きつっていた。

「どうせなら、みんなで一緒に見学に行ったほうが楽しいと思うんだよね！」

「ハア……。一緒に見学とかあり得ないだろ」

嬉々《きき》とした智恵理の提案を、高槻くんの冷たい声が一蹴《いっしゅう》した。

二度目なのに、一度目のときと同じようにヒヤリとした私は、背中に嫌《いや》な汗《あせ》をかいた。

智恵理も驚いた様子で、口をぽかんと開けている。

「あのさ、マネージャーって、めちゃくちゃ大変なのわかってて入部希望出すんだよな？」

「お、おい、優吾。そんな言い方――」

「もしも男目当てとかだったら、マジで迷惑《めいわく》だから。やる気のないマネージャーとか、普通に無理だし」

きっぱりと言い切った高槻くんは席を立つと、ひとりで教室を出ていってしまった。

一度目のときと、セリフも行動もまったく同じだ。

私はある意味感動を覚えたけれど、残された私たち三人の間に流れる空気は重かった。

「えっと……。あー……なんか、優吾が感じ悪くてマジでごめんね」

続く流れも一度目のときと同じだった。

気まずそうに智恵理と私に謝った大夢くんが、高槻くんを追いかけて教室を出ていった。

「な、なにあれっ！　男目当てとかやる気ないとかなんなの⁉　優吾くんって、イケメンだけど感じ悪っ」

ふたりの姿が完全に見えなくなったあと、智恵理がそう言って地団駄《じだんだ》を踏んだのも同じだ。

私は智恵理を一生懸命《いっしょうけんめい》なだめて、空になった高槻くんの席に目を向けた。

――変わってない。私は本当に、高校時代に戻ってきたんだ。

高槻くんは一度目のときと同じように、バスケットに対して真剣《しんけん》で、とても熱い想いを抱《いだ》いている。

私は、そんな高槻くんのことを素敵だと思った。

自分には、あんなふうに怒りたくなるほど夢中になれるものがなかったから、すごく興味を引かれたんだ。

今思うと、これが高槻くんに興味を持ち始めたきっかけだった。

ぼんやりとそんなことを考えながら、私は机の上に出しっぱなしだった入部届を手に取った。

——堂々としていて、自分を持っている高槻くん。

そんな高槻くんが数年後、どうして自殺という道を選ぶことになるのだろう。

二十歳の智恵理は、高槻くんがコロナになったせいでバスケ部がインターハイを辞退するはめになったことが原因じゃないかと言っていたけれど、本当にそうなのだろうか。

タイムスリップ前もいくら考えてもわからなかったこと。

だけどタイムスリップして高校時代の高槻くんに会ったら、余計《よけい》に高槻くんが自死した理由がわからなくなった。

「ねぇ、六花。絶対に男バスのマネージャーになって、うちらが真剣だってこと、優吾くんにわからせてやろうね！」

「あ……う、うん。そうだね」

「優吾くんのうちらに対する認識、絶対に変えてやるんだから！」

高槻くんの——認識を変える？

続けられた智恵理の言葉を聞いた私は、一瞬、電池切れの時計のように固まった。

ある推測が、脳裏をよぎったのだ。

高槻くんの認識を変える——……高槻くんを、変える。

もしかして高校生活二周目の私なら、〝高槻くんが自死する未来を変える〟ことができるのではないだろうか。

「って、未来なんて変えられるのかな？」

「六花、どうしたの？」

「えっ。あ……う、ううん。なんでもない」

慌てて首を横に振って誤魔化した私は、恐る恐る入部届に目を向けた。

タイムスリップして未来を変えるなんて、冗談《じょうだん》みたいな話だ。

それでも、私の心臓はかすかな希望を抱いて高鳴り始めた。

初恋の人を、救えるかもしれない。

もしも私に、そのチャンスが与《あた》えられたのだとしたら――？

「え……六花？」

気がつくと私は、ペンを手に取っていた。

そして震える手で、入部届に自分の名前と男子バスケットボール部という部活動名を書き込んだ。

「智恵理、私……男子バスケットボール部のマネージャーになるよ」

そう言った私の声も震えていた。

未来を変えるなんて、夢みたいな話だ。

バカバカしいことだと笑われても文句は言えない。

だけど不思議と、今の私に迷いはなかった。

そんな私を見る智恵理はとても驚いた顔をしていて、それは一度目のときには見られなかったものだった。

二〇一九年五月

See us at that day linking our wishes.
by Lin Koharu

「ハァ。やっぱり、どれだけ考えてもいい案が出てこない」

タイムスリップによって迎えた二度目の高校生活も、早一ヶ月が過ぎた。

私はこの一ヶ月、どうすれば高槻くんが自死する未来を変えられるだろうかと悩み続けてきたけれど、いまだにこれという答えを見つけられずにいる。

「二十歳の智恵理が言っていたことが、もしも本当に高槻くんの死と関係しているとしたら……」

あの事件はコロナのせいで起きたことだ。

だから、コロナが世界中に広まらないようにすればいいのではないだろうか。

これは最初に思い浮かんだ案で、この一ヶ月で何度も考えたことでもあった。

でも、頭に思い浮かぶたびに無謀《むぼう》だと却下《きゃっか》し続けている案でもある。

だって、コロナパンデミックが起こらないようにするって、いったいどうすればいい？

今の私は、海の近くの高校に通う、しがない女子高生だ。

SNSに、〝来年コロナウイルスが世界中に蔓延《まんえん》してパンデミックが起こります〟と投稿《とうこう》してみるとか？

べつに投稿することと自体は簡単だけれど、信じてもらえるとは到底《とうてい》思えなかった。

そもそも、世界的な規模で起ころうとしていることを止めるだなんて無理に決まっている。

「コロナに関する知識も、タイムスリップ前にネットやテレビで学んだ程度だし」

身内に医師や看護師もいないし、当然、私自身が医大生だったわけでもないので専門的なことはさっぱりわからない。

だからやっぱり、コロナパンデミックが起こらないようにするのは無理だ。

何十回、何百回考えても、実現できる気がしなかった。

「早く、それ以外のことを考えないと……」

「おい、ひとり言マネージャー。そこに置いてあった俺のジャージ、どこやった？」

ひとりで頭を悩ませていたら、不意に声をかけられた。

振り向くと高槻くんがいて、私は思わず姿勢を正してしまった。

今は、放課後の部活中。

私はモップがけをしながら、つい考え事をして上の空になっていた。

「なぁ、聞いてんのかよ」

「は、はいっ！　なんでしょうか⁉」

「だから、俺のジャージどこ？　さっき、俺らの練習中に勝手に触《さわ》ってただろ」

高槻くんは苛立っている様子だ。私は慌てて体育館のステージの上に置いたジャージを取ってくると、高槻くんに手渡した。

「なんで、勝手に移動させたんだよ」

「それは……。体育館の床に脱ぎ捨ててあったから。高槻くんは、一応端《いちおうはし》によけて置いたみたいだけど、うっかり誰かが踏んで滑ってケガをしたら危ないと思って」

私がきちんと理由を説明すると、高槻くんは一瞬目を見開いたあと、気まずそうに視線をそらした。

そして手渡されたジャージを肩にかけて、またなにかを探す素振《そぶ》りを見せた。

「もしかして、ドリンクボトル？」

「え？」

「はい、これが高槻くんのだよ。みんな似たようなのを使ってるから、わかりにくいよね。だいぶ減ってたから、補充《ほじゅう》しておきました」

「…………」

素直に私の手からドリンクボトルを受け取った高槻くんは、少しだけ気まずそうに私とドリンクボトルを交互《こうご》に見た。

「わ、悪い、な」

「ううん。これもマネージャーの仕事だから」

曖昧に笑って、今度は私が高槻くんから目をそらした。

私は一度目の高校生活と同じく、智恵理とともに男子バスケットボール部のマネージャーになった。

だけど高槻くんは、高校生活初日の一件のせいで、私と智恵理がマネージャーになったことを不満そうにしていた。

それについて一度目のときは、先輩《せんぱい》たちが引退後に少しずつマネージャーとして認められていった感じだったのだけれど。

最近になって、私は二度目の高校生活が一度目のときとは少しずつ変わってきていることに気がついた。

主な原因は、私が男バスのマネージャーをするのが二度目なおかげで、いろいろと動きやすくなったから。

そして中身が二十歳ということもあり、一度目のときより心に余裕を持って、高槻くんを始めとした周りのみんなと交流できていることが大きいと思う。

「ほーんと、六花ちゃん、いろいろ気が利くから助かるわ〜。ドリンクの補充に限らず、他の仕事も言われる前にやってくれるし感心感心！」

ふらりとやってきた三年生のマネージャーの志保《しほ》先輩に褒められて、照れくさい気持ちになった。

反面、ズルをしているような感覚もあって、素直に喜べないから複雑だ。

「私は志保先輩のやり方を見て、真似をしているだけですから」

「いやいや、私が一年のころなんて、先輩を見てもできないことばかりだったよ！　何度も聞くけど、六花ちゃん、中学のときはマネやってたわけじゃないんだよね⁉」

「は、はい」

「それなのにマネージャーの仕事完ぺきとか、人生何周目って感じなんだけど！」

思わず心の中で〝二周目です〟と答えてしまった。

マネージャーの経験は二度目だから、できて当たり前というだけなのだ。

「今日は智恵理が風邪《かぜ》でお休みなので……智恵理のぶんも頑張《がんば》らなきゃと思って、動いていただけです」

私はなるべく無難な返事をして、その場をやり過ごそうとした。

すると今度はキャプテンの澤山《さわやま》先輩がやってきて、そばにいた高槻くんの背中を叩《たた》いた。

「ハッハッハ。今のところ、新入部員のエースはマネージャーの滝瀬かな〜？」

「ちょっと澤山。高槻くんに期待してるからって、からかうのやめなよねー」

「いや、これはからかってんじゃなくて、気合を入れてるんだよ。な、高槻っ」

澤山先輩はそう言うと、高槻くんの肩に腕《うで》を回した。

高槻くんは不満げな顔をしているけれど、澤山先輩が高槻くんに期待しているというのは事実だ。

一度目のときも、なにかにつけて今みたいに焚《た》きつけるようなことを言っていたし、引退するときには高槻くん本人に『お前がチームを引っ張っていけるようになれ』と声をかけていた。

「今年は元気のいい一年が入ってきて嬉しいぞ～」

「先輩、なんか親父くさいっすよ」

「おいっ！　お前と俺は二つしか年は変わらないだろ！」

懐かしいやり取りを見たら、つい頬が緩《ゆる》んでしまった。

「……ふふっ」

「お～、滝瀬に笑われてんぞ高槻！」

「どうでもいいですけど、腕、重いんでいい加減離してくれませんか」

「うおっ。生意気だなぁ～。よしっ、今日もビシバシしごいてやる！」

和気あいあいとしたやり取りが眩しくて、見ているだけで楽しかった。

まさかまたこんなふうにこの場所で、男バスのみんなとの時間を過ごせるなんて夢にも思っていなかったから。

「よーし！　じゃあ、練習再開するぞ！」

だけど、再び走り出したみんなを見ていたら、切ない気持ちにもなる。

なぜなら私は、このあと、自分を含《ふく》めたみんなの身に起きることを知っているからだ。

コロナ禍《か》になると部活動も制限されて、思うように練習時間が取れなくなってしまう。

ソーシャルディスタンスが推奨《すいしょう》されて、気軽に肩を組んで冗談を言い合ったりもできなくなるのだ。

私は思いがけず繰《く》り返すことになった二度目の高校生活で、〝今〟という時間の尊さを、嫌というほど実感していた。

「おつかれさまでした！」

その日、部活が終わったあと、私は誰もいなくなった体育館にひとりで居残った。

コロナで行動制限を余儀なくされる未来をあらためて意識したら、居ても立ってもいられなくなったのだ。

今できることを、精いっぱいやろう。

今しかできないことが、たくさんあるから。

そう考えた私は体育館に残って、志保先輩が明日やればいいと言っていたボール磨《みが》きを始めた。

ところが……居残って、二十分が経ったころ。

「……なにやってんだよ」

突然体育館の扉《とびら》が開く音がして、高槻くんが戻ってきた。

「た、高槻くん？　どうしたの？」

動揺した私は目を丸くすると、磨き途中だったバスケットボールを抱え込んだ。

心拍数《しんぱくすう》が上がり、手に汗が滲んでしまう。

「俺は部室に忘れ物を取りに来たんだよ。そしたら体育館の明かりがまだついてるのが見えて、最後の奴が消し忘れたのかと思って来てみただけだ」

「そ、そうなんだ」

「いや、そうなんだ、じゃねぇよ。お前はひとりで、なにやってんだよ」

今度は責めるような口調で尋ねられて、私はボールを抱き寄せる手に力を込めた。

「わ、私は、ボール磨きをしてから帰ろうかなって思って」

「は？　そんなの、明日やればよくね？　志保先輩とも、そう話してただろ」

「うん。そうなんだけど……」

思わず、下を向いてしまった。

すると今度は呆《あき》れたようなため息が聞こえたから、ギクリとした私は落としたばかりの視線を上げた。

「もしかして、私頑張ってますアピールのつもりか？」

「え？」

「だから。澤山キャプテンに新入部員のエースだとか言われて、勘違いしてんじゃねぇの？」

一瞬、言われたことの意味がわからず、キョトンとしてしまった。

高槻くんは、そんな私からスッと目をそらして黙り込む。

微妙《びみょう》な空気と沈黙が、私たちの間に流れた。

今、高槻くんは怒っているのだろうか。

……わからない。

こんなふうに、ふたりきりで会話らしい会話をするのは一度目も含めて初めてだから、どう返事をするのが正解なのか、私にはわからなかった。

「あ、あの、私は……」

「ハア～～……。いや、悪い。俺、そんなことが言いたかったわけじゃないわ」

と、大きなため息とともに私の言葉を遮《さえぎ》った高槻くんは、再び顔を上げて私を見た。

「……ボール磨きなんて明日にしろよ」

「え？」

「だからっ！　滝瀬は、俺が〝やる気ないのにマネージャーをやられるのは迷惑〟的なことを言ったから、今も気にして居残りなんてしてるんだろ⁉」

高槻くんの目は真っすぐだったけど、表情は少しだけ曇《くも》っていた。

「滝瀬が真剣な気持ちでマネージャーをやってるんだってことは、この一ヶ月で、よくわかったからさ。もうそんな……必要以上に、頑張らなくていいよ」

そこまで言うと、高槻くんは心苦しそうに黙り込んだ。

対する私はボールを抱え込んでいた腕から力が抜《ぬ》けて、高槻くんの顔を呆然と見つめてしまった。

……ああ、そうか。高槻くんは、気にしてくれていたんだ。

自分が言ったことのせいで、私が居残りをしてまでボール磨きをしていると思って、責任を感じていたということ。

今、高槻くんが言葉にしてくれて、初めてわかった。

「高槻くん、ありがとう」

私は一度だけ大きく息を吸ったあと、高槻くんの目を見つめ返しながら口を開いた。

「でも、私が今、居残りでボール磨きをしているのは、高槻くんに言われたことを気にしているからじゃないよ」

「は？」

高槻くんは、私がわかるように言葉にして伝えてくれた。

だから私も、高槻くんがわかるように言葉にして伝えなきゃ。伝えたいと強く思った。

「私は、今できることは後回しにしないで、今やっておきたいと思って、ここにいるの」

「今できることは後回しにしないで？」

「うん。だって、明日やればいいやって後回しにしたことが、明日になったらできなくなることもあると思うから」

もう一度深呼吸をした私は、できる限り丁寧《ていねい》に話し続けた。

「今、私たちが当たり前にできていることも、いつ当たり前じゃなくなるかわからない。そう思ったら居ても立ってもいられなくなって、今できることは今やっておこうって思ったんだ」

そこまで言うと、私はそっと笑みをこぼした。

ところが、私の言葉を聞いた高槻くんは眉間《みけん》にシワを寄せて、不思議そうに私を見ていた。

あ、あれ……？

微妙な沈黙が、私たちの間に流れる。

私、なにか変なことを言ったかな？

もしかして、急に説教じみたことを言い出す変な奴だって、引かれてしまったのかもしれない。

「滝瀬──…」

「あ、あのっ！　今のは──…そうだっ、昨日見たドラマの主人公が言ってたセリフでね！」

不安になった私は、早口でまくし立てた。

「すごくいい言葉だなぁと思ったから、私も、そういう気持ちを大事にしたいなって思ったの」

言い訳を並べた私は、逃げるように視線を下にそらした。

恥《は》ずかしさで、頬が燃えるように熱い。

結局、高槻くんには変な奴だと思われたに違いない。

ドラマのセリフを真に受けて、偉《えら》そうに語るイタイ奴だって思われたかも。

そう考えたら、私は余計に顔を上げられなくなってしまったのだけれど……。

「……そのドラマ、俺も見ればよかったな」

「え？」

返ってきたのは、思いもよらない言葉だった。

「って、俺、ドラマとか滅多《めった》に見ないし、見たところでって感じかもしれないけど」

驚いた私は、落としたばかりの視線を上げた。

すると、ドアの前にいた高槻くんはなにを思ったのか、履《は》いていたスニーカーを脱いで体育館に入ってきた。

そして真っすぐに歩いてくると、ボール磨きをしていた私の隣《となり》に無造作に腰を下ろした。

私はなにが起きたのかわからなくて、目を白黒させてうろたえてしまった。

「このカゴに入ってるボールを、磨けばいいんだよな？」

対する高槻くんはぶっきらぼうにそう言うと、私が磨く予定だったボールのひとつを手に取った。

そして、私のそばに置いてあった雑巾《ぞうきん》に専用のボールクリーナーをつけると、黙々《もくもく》とボールを磨き始めた。

もしかして高槻くんは、私の手伝いをしてくれるつもりなの？

「た、高槻くん、私ひとりでできるから大丈夫だよ！」

「は？　普通に考えて、ひとりでやるより、ふたりでやったほうが早く終わるし効率的だろ」

「それは……。たしかに、そうかもしれないけど」

つい口ごもると、高槻くんには「いいから手を動かせよ」と注意されてしまった。

結局、私はそれ以上なにも言えなくなってしまい、高槻くんの横でボール磨きを再開するしかなかった。

――そうして、十五分が過ぎたころ。

「……前、やる気ないのにマネージャーやられても迷惑だとか言って悪かったな」

最後のボールを手に取った高槻くんが、予告なく口を開いた。

「え?」

「あと、いつもマネージャーとして、俺らのためにいろいろやってくれてありがとう。助かってる」

ハッとして隣を見た私は、瞬《まばた》きするのも忘れて、高槻くんのきれいな横顔を見つめてしまった。

「って言っても、もうひとりのマネージャーの河野は、いまだにやる気があんのかよくわかんないけど」

「ち、智恵理は——お兄さんが、バスケをやってるの!」

「え?」

「それで、前からバスケ部のマネージャーをやりたいって思ってたみたい。勘違いされやすいけど、智恵理はすごくいい子だし、やる気もあるよ!」

気がつくと私は、前のめりになって答えていた。

一瞬、なんともいえない沈黙が私たちの間に流れた。

だけどすぐに、高槻くんが必死な私の顔を見たあと小さく笑って、「そうなんだ」とつぶやいた。

笑いかけられたのは初めてで、ドキドキしてしまった。

私たちの間に流れる空気が少しだけ和らいだのがわかる。

私を見る高槻くんの目も優しくなって、強張っていた肩から力が抜けた。

「俺、ほんとダメだな。バスケのことになるとつい熱くなって、余計なこと言いがちなんだよ」

「そう、なんだ？」

「ああ。俺さ、よく、海凪公園で自主練してるんだけど。前に練習に行ったらゴールリングのそばで爺《じい》さんが寝てたときがあって。ムカついて、その爺さんに〝邪魔《じゃま》〟って言って、怒らせたことあるし」

「え、すごい」

「いや、すごくはなくね？　もっと言い方とかいろいろ気をつけないとダメだなって、今、滝瀬と話して思ったわ」

これまでの気まずさが嘘のように、私たちは自然に話し始めた。

結局、その雑談はボール磨きが終わるまで続いた。

「なんか、滝瀬とこんなふうにちゃんと話すのって初めてかもな」

「うん……。そう、だね」

このまま、時間が止まればいいのに。

中身は二十歳の大人なのに、そんなことを思うなんて、自分でも呆れてしまう。

「よし、これで全部終わったな」

最後のひとつを磨き終えた高槻くんは、きれいになったボールを全部まとめて倉庫まで運んでくれた。

「高槻くん、どうもありがとう」

「どういたしまして。なっ、ふたりでやったほうが早かっただろ」

倉庫から戻ってきた高槻くんは、そう言ってほほ笑んだ。

対する私はうまく笑い返すことができなくて、「そうだね」と答えながら、視線を足元に落としてしまった。

高槻くんとの時間が終わってしまうんだ。

不謹慎《ふきんしん》だけど、そう思うとすごく寂しくて、複雑な気持ちになった。

「じゃあ、帰るぞ」

ところが、高槻くんは予想に反してそう言うと、私の隣に並んだ。

私は体育館の鍵を閉めようとした手を止めて、キョトンとしながら隣に立つ高槻くんを見上げた。

「え、えっと……。うん。じゃあ、また明日ね？」

「は？　いや、途中まで一緒に帰れるじゃん」

「え？」

「ほら、早く行くぞ。帰る前に体育館の鍵、職員室に返すんだろ」

高槻くんは、動揺している私の手から鍵を奪《うば》って、さっさと閉めた。

一瞬、手と手が触れ合った気がするけれど、今は深く考える余裕がなかった。

そのまま高槻くんは回れ右をして、歩きだしてしまう。

我に返った私は先を行く高槻くんの背中を、フワフワした気持ちで追いかけた。

――なにこれ。なにが起きているんだろう。

高槻くんと一緒に帰るなんて、一度目の高校生活ならあり得なかった。

もしかして……〝未来が変わった〟？

と、不意にそんな言葉が脳裏をよぎって、私は、これまでとは違う意味でドキドキした。

「あ、悪い。もしかして、俺、歩くの速い？」

「う、ううん、大丈夫！　私の足が短いだけだから！」

とっさに答えると、高槻くんは今度こそ声をこぼして笑った。

その笑顔も、一度目の高校生活では向けられたことのないものだった。

……どうしよう。心臓がどうしようもなく高鳴っているのが、自分でもわかる。

もしかして、ただの女子高生の私にも、〝できる〟のかもしれない。

高槻くんが自死する未来を変えられるかもしれない――と、考えずにはいられなかった。

「よかった。まだ、明かりがついてるな」

校舎から漏《も》れる明かりが、曖昧だった足元を明るく照らしている。

高槻くんの言葉と、無機質なはずのその光は、今の私には一筋の希望のようにも感じられた。

二〇一九年六月

See us at that day linking our wishes.
by Lin Koharu

「ねぇ、まだ六月半ばなのに、今日暑すぎじゃない⁉」

二〇一九年六月。海凪高校では、梅雨の晴れ間に体育祭が行われた。

日程も天候も、今、智恵理が言ったとおり。一度目と同じく、気温二十九度を記録した夏日だった。

「でも、晴れてよかったよね。雨だったら延期か中止になってただろうし」

今は午前の部が終わって、ちょうどお昼休み中。

私と智恵理はお弁当を食べたあと、午後の部が始まるまでの間、体育館のドアの前の階段に座ってまったりしていた。

智恵理は暑くてたまらないと不満げだけれど、ふと上を見ると青空が広がっていて、清々しい気持ちになった。

けれど同時に、しんみりともしてしまう。

なぜなら今日の体育祭は、高校生活最初で最後の体育祭になるからだ。

来年と再来年はコロナのせいで中止になって、結局そのまま私たちは卒業を迎えることになる。

「でもさぁ、ぶっちゃけダルいよね。私は今年の体育祭は中止になってもよかったなぁ」

「え？」

「だって、三年生は最後だからってやたら盛り上がってるけど、うちら一年はあと二回もあるから冷めてるじゃん」

そう言うと智恵理はため息をついて、持っていたハンディファンの風量をＭＡＸにした。

たしかに、智恵理が言うことはわからなくもない。

私も高校生活一度目のときには、智恵理と一緒に『体育祭なんて』と言って面倒くさがっていた。

そもそも入学してまだ二ヶ月しか経っていないのに、クラス全員で団結しようなんて無謀だと思う。

なにより私は昔から運動が苦手だった。

だから体育祭と聞くと憂鬱《ゆううつ》な気持ちになったし、一度目の高校生活では残りの二回が中止になって、喜びすら感じていた。

でも……私みたいな生徒はほんの一部で、稀《まれ》だということもわかっている。

ほとんどの生徒は体育祭を楽しみにしていたはずだし、中止と聞いて残念な気持ちになったはずだ。

「智恵理も、〝コロナのせいで楽しみにしてたことが全部できなくなる〟って泣いてたもんなぁ」

一度目のときのことを思い出した私は、空を仰《あお》ぎながらつぶやいた。

すると隣に座っている智恵理に、

「ごめん、ファンの音で聞こえなかった。今、なんて言ったの？」

と、聞き返されてしまった。

「う、ううん。なんでもないから気にしないで」

「え～、そう言われると余計に気になるんだけどっ」

詰《つ》め寄られた私は思わず口ごもった。

まさか智恵理に、〝私は未来を知っていて、智恵理は高校三年生のときに体育祭をやらないと聞いて泣くはめになる〟なんて言えないし。

「え、えっと……。そうだ！　智恵理はさ。たとえ苦手なものでも、〝これが最後なら、せっかくだし楽しもうかな〟って気持ちになったことってない？」

私はない知恵《ちえ》を絞《しぼ》って、智恵理に尋ねた。

とうとつな質問に、智恵理は首をひねって訝《いぶか》しげな顔をする。

「ん～、そんなことあったかなぁ」

「な、なんていうか、〝最後だってわかってたら、もっとちゃんとやったのに〟とか、あとで自分を責めたり、後悔したことってないかな？」

自分で聞いておきながら、意味がわからない質問だと思う。

きっと智恵理にも、意味がわからないと一蹴されて終わりだろうと考えた私は、心の中で肩を落とした。

「うーん……。あっ、わかった！　つまり六花は、なにか後悔したことがあるんだ？」

「え？」

ところが智恵理は、私の予想に反することを口にした。

「だって今の話しぶりだと、六花はそういう経験をしたことがあるって感じじゃん」

思わずギクリとして固まった。墓穴を掘《ほ》るって、こういうことをいうのかもしれない。

――私が、後悔していること。

その質問の答えとして真っ先に思い浮かんだのは、高槻くんのことだった。

一度目の高校生活で、私は高槻くんから〝叶えたい願い事〟についての質問をされたけど、答えられなかった。

あれが高槻くんと話せる最後のチャンスだったのに、私はなにも言えずに逃げたのだ。

それについて私はずっと後悔していた。

あれが最後だとわかっていたら、ちゃんと答えられたかもしれない。答えたかったと、弱虫で臆病者な自分を責めていた。

「でも……そうやって後悔したから、今があるんだとも思う」

ぽつりと、口から弁明がこぼれる。

「どういうこと？」

「い、今の私は、一度目のときと同じ後悔だけはしたくないって思ってるの」

と、私はそこまで言って、我に返った。

智恵理はまた意味のわからないことを口走った私を見て、不審《ふしん》そうな顔をしている。

「さ、さっきから、変なことばかり言ってごめんね。結局なにが言いたいかっていうと……。体育祭、せっかくだから楽しもうよってことが言いたかったの」

「せっかくだから楽しむ？」

「うん。だって、こういうのって、楽しんだ者勝ちでしょ？　今日は最高の体育祭日和だしさ！」

そこまで言うと、私は精いっぱいの笑みを浮かべた。

同時に、午後の部が始まる予告アナウンスがあたりに響《ひび》いた。

対して、私と智恵理の間には、なんともいえない気まずい沈黙が流れている。

「そ、そろそろ行こうか」

いたたまれなくなった私はそう言うと、重い腰を上げた。

気をつけないと、ついうっかり余計なことを口走ってしまいそうになる。

心の中で反省した私は、そのまま一足先に歩き出そうとした。

「ん～～～っ！」

ところが、隣にいる智恵理が急に立ち上がったと思ったら、突然、空に向かって伸びをした。

「ち、智恵理？」

驚いた私はキョトンとして固まったけれど、智恵理はそんな私を見て意味深な笑みを浮かべた。

「なんか最近の六花って、お母さんっていうか、ちょっと年上のお姉さんみたいに感じるときがあるんだよねぇ」

「えっ⁉」

「今もそう。六花なのに、六花じゃないって感じがする」

鋭《するど》い指摘《してき》に、ドキンと心臓が飛び跳《は》ねた。

今の私たちは高校一年生の十五歳だけど、私の中身は二十歳を迎える女子大生なのだ。

智恵理には、そんな私の言葉は説教くさく感じられたのかもしれない。

心配症《しょう》な私はついそんなふうに考えて、肩を落としてしまったのだけれど……。

「でも、たしかに六花の言うとおり、こういうのって楽しんだ者勝ちかもね」

「え？」

智恵理はまた予想に反してそう言うと、嬉しそうに笑ってみせた。

「体育祭とか超《ちょう》面倒くさいけど、せっかくだから楽しんじゃうか！」

太陽を背に、白い歯を見せた智恵理の笑顔が眩しい。

ああ、そうだ。私は高校生のとき、こういう智恵理の素直さと明るさに、いつも元気をもらっていた。

「ありがとう、智恵理……」

「いや、お礼を言われる意味がわかんないんだけど！　まぁでも、そうと決まれば午後の部は気合を入れていかなきゃね！」

ところが、智恵理がそう言って足を前に踏み出そうとしたとき……。

「俺も、六花ちゃんの意見にさんせーい！」

突然、耳に馴染《なじ》む声が体育館の中から聞こえてきて、私たちは同時に振り返った。

次の瞬間、背後のドアが開いて、大夢くんと高槻くんが現れた。

ふたりを前にした私と智恵理は驚いて固まった。

大夢くんと高槻くんは、今までずっと体育館内にいたらしい。

「ちょっと、中にいたなら早く言ってよ！　盗《ぬす》み聞きとか最悪なんだけど！」

「ごめんごめん。でも、ふたりの会話が聞こえたのは今さっきだよ。俺たち、ふたりとも昼寝してたしさ」

怒《おこ》る智恵理を、大夢くんが持ち前の明るさとマイペースさでなだめた。

対する私は大夢くんに続いて体育館から出てきた高槻くんから目が離せなくて、呆然と立ち尽くしていた。

すると、すれ違いざまに高槻くんと目が合った。

その瞬間、心拍数が一気に上がって、頬が勝手に熱くなった。

「俺も、滝瀬の考え方、いいと思う」

「え？」

「楽しんだ者勝ち、ってやつ。俺も試合前で緊張してるときとか、楽しんだ者勝ちだって思うようにしてるし」

そう言うと高槻くんはほほ笑んで、私の頭に一度だけポンと優しく手をのせた。

そして何事もなかったように私の横を通り過ぎていってしまう。

離れていく高槻くんを目で追っていた私は、〝あること〟を思い出して息をのんだ。

——そうだ。〝楽しんだ者勝ち〟って、高槻くんの言葉だった。

一度目の高校生活で、高槻くんがチームメイトにそう声をかけていたのを聞いたことがあるのだ。

『とにかく、楽しんだ者勝ちだからな！』

試合で負けそうなときや、厳しい練習が続いたとき、高槻くんはそう言ってチームメイトを激励《げきれい》していた。

そのときの笑顔と言葉、そしてコートを駆《か》けていく高槻くんの姿は輝いていて、強く印象に残っていた。

「た、高槻くんっ！」

反射的に振り返った私は、高槻くんの名前を呼んだ。

すると、高槻くんが足を止めて振り向いてくれた。

突然自分を呼び止めた私のことを、高槻くんは不思議そうに見ている。

太ももの横で拳《こぶし》を握《にぎ》りしめた私は……、

「午後の部も、楽しもうねっ！」

勇気を振り絞って、力いっぱい叫《さけ》んだ。

対する高槻くんは、一瞬キョトンとしたあと、息をこぼすように笑ってくれた。

「おう、楽しもうな」

向けられた笑顔が、とても眩しい。

握りしめた拳をほどいた私は、高鳴る胸に手を添《そ》えた。

＊　＊　＊

「午後の部、次の競技は部活対抗《たいこう》リレーです。出場予定の生徒は入場門前に集合してください」

放送部の生徒の声が、グラウンドに響き渡る。

お昼休みが終わったあと、午後の部が始まってしばらくしても、私は夢見心地《ゆめみごこち》でフワフワしていた。

「ちょっと六花！　ボーッとしてないで応援《おうえん》行くよ！」

「へっ⁉」

と、智恵理に肩を叩かれて我に返った私は、慌てて思考の焦点《しょうてん》を合わせた。

「え、えっと、私たちはこれから……」

「もう～。うちら、男バスのマネージャーでしょ！　部活対抗リレーには男バスのメンバーも出るんだから応援に行くの！　しっかりしてよね！」

あ……ああ、そうだ、そうだった。

今日はこれから、部活対抗リレーがあるのだ。

部活対抗リレーは、その名のとおり海凪高校の各運動部の精鋭《せいえい》たちが競い合う、熱気高まる種目のひとつだ。

私たちマネージャーは、各自応援につくことになっていた。

ようやく正気に戻った私は智恵理とともにリレーの応援スペースに向かうと、用意していた横断幕を広げて応援の準備をした。

隣を見るとサッカー部にバレー部、野球部、テニス部と、個性豊かな横断幕が並んでいる。

まさしく、絶対に負けられない戦いの火蓋《ひぶた》が切られようとしていた。

「男バスの一年の中では大夢と優吾くんがリレー選手に選ばれてるから、特に気合入れて応援しなきゃね！　優吾くんなんてアンカーだし！」

今、智恵理が言ったとおりで、高槻くんは先輩たちよりも短距離走《たんきょりそう》のタイムが速くて、一年生ながら男バスチームのアンカーに選ばれていた。

「あー、でもやっぱり陸上部とサッカー部が強敵だよね。毎年、あと一歩のところで勝てないんだって志保先輩も言ってたし」

智恵理は隣でソワソワと落ち着かない様子だった。

対する私はこのリレーの勝敗をすでに知っているので、複雑な気持ちになった。

一度目のときと同じなら、男バスの部活対抗リレーの順位は、たしか――……。

「位置について～。ヨーイドンッ！」

そのとき、お決まりのスタートの合図が聞こえてリレーが始まった。

ハッとした私は、一斉《いっせい》に走り出した選手たちに目を向けた。

部活対抗リレーは各部活のユニフォームで走ることになっていて、それもまたみんなのボルテージを上げる材料のひとつになっている。

応援団の応援にも気合が入っていて、ときどきアットホームな笑いが起きるところも、この競技の人気の理由だ。

「澤山キャプテン～！　頑張って～！」

「澤山～！　抜かれたら部活前に腕立《うでた》て一〇〇回だからなぁ！」

あっという間に第一走者、第二走者が走り終わって、第三走者にバトンが渡された。

男バスの第三走者はキャプテンの澤山先輩だ。横断幕の端《はし》を持っている志保先輩や、リレー選手に選ばれなかった部員たちの檄《げき》が飛ぶ。

すると、澤山キャプテンはサッカー部を抜いて二位に躍《おど》り出た。

そのまま次の走者である大夢くんにバトンを繋《つな》げて、やりきった笑みを浮かべた。

「大夢っ！　陸上部に負けるなー！」

次の瞬間、智恵理が顔を真っ赤にして叫んだ。

勝敗を知っている私もいつの間にか周りの熱に感化されて、手に汗を握っていた。

第四走者である大夢くんが追いかけるのは、陸上部の同級生だ。

わずかに距離は縮まったけど、やっぱり相手は陸上部なだけあって、あと少しのところで追い抜けなかった。

「優吾、頼《たの》むっ！」

そうしてバトンはアンカーである高槻くんに繋がれた。

前を走るのは陸上部の二年生、後ろからはサッカー部のエースを務める三年生が追いかけてくる展開だ。

高槻くんは一年生でありながら、先輩たちに臆《おく》することなく真っすぐに前を見据《みす》えていた。

地面を蹴《け》る音と、賑やかな声援《せいえん》が心を震わせる。

「陸上部、今年も速いです！　男子バスケットボール部、サッカー部も頑張ってください！」

放送部の実況《じっきょう》にも熱が入っていた。

いよいよ最後のカーブに差しかかった高槻くんが、横断幕を持つ私の前を風のように駆け抜けた。

「た、高槻くんっ、頑張れっ!!」

気がつくと私は、力いっぱい叫んでいた。

だけど私の声は歓声《かんせい》の一部になって、一瞬でかき消されてしまった。

「頑張れ！　頑張れ、高槻くんっ！」

それでも私は、何度も何度も高槻くんにエールを送った。

最後の直線に入った瞬間、高槻くんは前を走っていた陸上部の二年生に並んだ。

「わぁ！　抜けるぞ高槻！」

「いけー！　優吾っ！」

声援が一層大きくなる。

高槻くんは、まるで声援に背中を押されたように陸上部の二年生を抜いて、見事一位でゴールテープを切ってみせた。

「おめでとうございます。今年の部活対抗リレー、一位は男子バスケットボール部です！」

放送部のアナウンスが聞こえた直後、今まで聞いたことのない歓声がグラウンドの空気を震わせた。

「六花、やったね!!」

満面の笑みを浮かべた智恵理が、私にぎゅっと抱きついてきた。

応援スペースにいた志保先輩と男バスの部員たちはリレー選手たちに駆け寄っていき、グラウンドの真ん中に大きな輪ができた。

その中心では高槻くんが笑っていた。

――やっぱり、一度目の高校生活のときと同じだった。

見たことのある光景を眺めながら、私はひとり、高鳴る胸に手を当てた。

一度目のときも、男バスはアンカーの高槻くんが陸上部の選手を抜いて、見事一位でゴールした。

私は盛り上がるみんなを遠目で見ながら、今と同じように感動で胸がいっぱいになったのだ。

だけど……。

「ねぇ、最後の男バスの子、めっちゃ速くなかった⁉　っていうか私、普通にタイプなんだけど！」

「わかる、背も高くてイケメンだったよね！　あとでSNSのアカウント聞きに行こうよ！」

隣にいた野球部の先輩マネージャーの声を聞いて、喜びと興奮で満ちていた心が一気にしぼんだ。

やっぱり……一度目のときと同じだ。

今回のことがきっかけで、高槻くんは先輩たちにも認知され、学校の女子の憧れの的になってしまう。

今までは同級生からカッコいいと噂《うわさ》されるくらいだったのが、先輩たちからも注目されるようになってしまうのだ。

「はぁ……」

ため息をついた私は、智恵理とともに横断幕を片づけ始めた。

まさか、こんな複雑な思いを二度も味わうことになるとは思わなかった。

好きな人を好きになる人が増えるって、すごく暗い気持ちになってしまう。

べつに、告白する予定も勇気もないくせに。

無駄《むだ》に焦って、嫉妬《しっと》して、ひとりでネガティブになってしまうんだ。

そう考えると、一度目のときに自分は高槻くんが好きなのだと自覚したのはこのときだった。

女の子たちにもてはやされる高槻くんを見て、恋心《こいごころ》を自覚したんだ。

「次は借り物競争です。出場予定の生徒は入場門前に集まってください」

「あ……智恵理はたしか、借り物競争に出場予定だったよね？」

放送部のアナウンスを聞いた私は、智恵理に声をかけた。

「あ！　そうだ、忘れてたっ」

「横断幕は私が片づけておくから、もう行っても大丈夫だよ」

そう言うと私は、遠慮している智恵理の背中を強く押した。

実はこれも、一度目のときと同じ流れだ。

このあと私は智恵理と別れて、ひとりで部室に向かうことになる。

そして部室にあるダンボールの中に横断幕をしまって、自分のクラスの席まで戻る。

そのころには部活対抗リレーで盛り上がった熱も落ち着いていて、みんな次の競技に気持ちが切り替《か》わっているはずだ。

「――滝瀬っ！」

ところが、予想外のことが起きた。

横断幕を持って回れ右をした瞬間、誰かに名前を呼ばれたのだ。

振り向くとそこには高槻くんがいて、私は目を見開いて固まった。

「た、高槻くん、どうしたの？」

「みんなで、写真撮《と》るぞ」

「しゃ、写真？」

「ああ。リレーで一位になった記念に、男バスのみんなで写真を撮ろうって話になってるんだ。滝瀬も男バスの一員なんだし、一緒に入れよ」

一瞬、なにを言われているのかわからず、私はポカンとしてしまった。

こんな展開は一度目のときにはなかったから、戸惑《とまど》わずにはいられなかった。

「ほら、行くぞ。あ、せっかくだし河野も入れよ」

高槻くんが智恵理に声をかけると、智恵理は「ちょっと！　私は六花のついで⁉」

なんて文句を言いながらも、男バスの輪に向かって走っていった。

だけど私は混乱していて、すぐにその場から動くことができなかった。

「あ、あの、私は……。横断幕を、部室に片づけに行かなきゃいけないから」

つい視線を下に落として、ボソボソと答えてしまう。

すると高槻くんは、私が抱えていた横断幕を軽々と奪った。

「こんなの、あとで俺と一緒に片づけに行けばいいだろ」

「え……」

「ほら、みんな待ってるから、早く行くぞ」

続けて高槻くんは、なにを思ったのか、空いている右手で私の左手を掴《つか》んだ。

突然のことにうろたえた私は、なにも言えなくなってしまった。

気がつくと私は高槻くんに手を引かれて、男バスの輪の中に入っていた。

「おっ！　滝瀬～、集合が遅いぞ～！」

「六花ちゃん、一緒に写真撮ろうっ！」

「優吾も六花ちゃんも、こっちこっち！　ほら、ここに並んで～」

輪の中には澤山キャプテンや志保先輩、大夢くんたちもいて、とても賑やかだった。

私は信じられない気持ちで、目を白黒させていた。

タイムスリップ前は遠くから見ているだけだった景色の中に、なぜか私も入っている。

本当ならこんなこと、起こるはずがなかったのに――。

「滝瀬、ありがとな」

「え？」

「走ってるとき、滝瀬の〝頑張れ〟って声が聞こえて、最後まで諦めずに走りきれたから」

不意にそう言われて、驚いた私は隣に立つ高槻くんを見上げた。

すると高槻くんは私を見ながら、とても優しくほほ笑んだ。

「昼休みにさ、滝瀬が俺を呼んで引き留めただろ。だから走ってるときも、滝瀬の声だって、すぐにわかった」

つながれたままの手に、一瞬だけ力が込められたのがわかった。

そのあとすぐに手は離されてしまったけれど、手のひらに残った熱と高槻くんの手の感触《かんしょく》は、いつまで経っても消えなかった。

「はいっ！　それじゃあ、みんな笑って～……」

次の瞬間スマホの連写音が響いて、誰かが「撮りすぎじゃね⁉」と茶化して笑った。

それを聞いて、またみんなで笑い合った。

気がつくと私もみんなと並んで、一緒に笑っていた。

「写真は、男バスのグループメッセージで共有しとくから！」

そうして、澤山先輩から送られてきた写真を見て、私は思わず息をのんだ。

スマホに表示されたその写真に、私は見覚えがあったのだ。

「体育祭で撮った、集合写真……」

一度目のときにも、男バスのみんなは今回の体育祭のリレー終わりに、集合写真を撮っていた。

そして、その写真は今のようにグループメッセージに共有された。

だけど、そのときに私が見た写真には、私は写っていなかった——写っていない、はずだった。

「六花は緊張してる感じだけど、優吾くんはいい笑顔で写ってるじゃん～」

それなのに今、智恵理が言ったとおり、笑顔の高槻くんの隣には、緊張と戸惑いで顔を強張らせた私がしっかりと写っていた。

「な、なんで？」

「ん？　六花、どうしたの？」

「う、ううん。なんでもない……」

私は思わず、スマホをぎゅっと抱き寄せた。

そして下唇を噛《か》みしめたあと、震える息をわずかにこぼした。

間違いない。やっぱり、未来は変えられる。変わるんだ！

あの日から——……高槻くんとふたりでボール磨きをした日から抱いていた疑念が、
確信に変わった瞬間だった。

「滝瀬。約束どおり、横断幕片づけに行くぞ」

また名前を呼ばれて振り返った私は、私を見る高槻くんを真っすぐに見つめ返した。

高槻くんは横断幕を持って、私が来るのを待ってくれている。

ドクンドクンと鳴る心臓の音は、先ほど聞いた声援よりも力強く感じられた。

変わる、変えられるんだ。

高槻くんが自死する未来は——きっと、変えることができる。

「うん、一緒に……行こうっ」

大きく息を吸った私は、そう言うと駆け出した。

確実に動き出した足と気持ちは、新しい未来に向かっていた。

二〇一九年八月

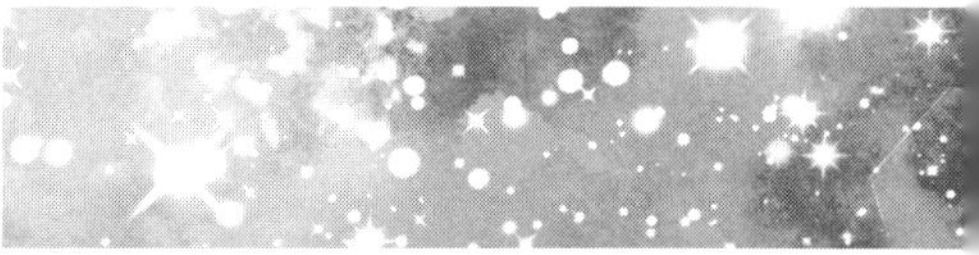

See us at that day linking our wishes.
by Lin Koharu

「おつかれさまでした〜！」

二度目の高校一年生も、夏休みに突入《とつにゅう》した。

夏休みといえば、プールに海にお祭りに花火大会に……と、心躍るイベントが盛りだくさん。

けれど高校一年生の夏休みは、一度目のときと同様に、部活動に半分以上の時間を取られて過ぎていった。

私はスッカリ夏バテ気味だけれど、部員たちは毎日朝早くから夕方遅くまで練習に励《はげ》んでいた。

その姿を見たらマネージャーとして弱音を吐《は》くわけにもいかない。私は頑張っている部員たちを支えなきゃという使命感に駆られた。

実際に、澤山先輩や志保先輩といった三年生全員がウインターカップまで残らずに引退したため、一年生である私たちの活躍《かつやく》が期待されているのだ。

「みんなも知っているとおり、この夏の練習結果を見てスタメンを決めるからな」

今日は新チームになって初めての合宿、最終日。

顧問である田岡《たおか》先生から選手たちに、あらためてスタメン——スターティングメンバー選びについての話があった。

新チームのキャプテンに選ばれたのは二年生の小船《こふね》先輩だけど、スタメンは実力重視で選ばれるので一年生にもチャンスがある。

一度目のときには、高槻くんと大夢くんがスタメンに選ばれていた。

だけど、〝未来は変わる〟という確信を得た今、二度目の高校生活でも、ふたりが絶対にスタメンに選ばれるとは言い切れなくなってしまった。

ふたりの練習の様子や活躍ぶりを見る限り、大丈夫そうな気もするけれど……。

確証が持てない以上、とにかく私も祈《いの》るような気持ちで見守り続けるしかない。

「田岡先生！　今年も無事に合宿を終えた記念に、このあとみんなで、海辺で花火をしてもいいですか⁉」

合宿終わりの挨拶《あいさつ》を済ませたあと、小船先輩が田岡先生にお伺《うかが》いを立てた。

私は一度目のときに経験済みなので知っているけれど、海凪高校の男バスは夏合宿最終日に、学校近くの海辺で花火をするのが恒例《こうれい》となっているのだ。

「お前ら〜、毎年それを楽しみに合宿やってるようなもんだろ〜」

「新チームのみんなで親睦《しんぼく》を深めるためです！」

「ったく、しょうがないな。わかってると思うが、ロケット花火は禁止で、手持ち花火だけだからな。あと、十九時までには終わらせて帰ること。後始末もしっかりして、

「ゴミは残さず持ち帰れよ」

「はいっ、ありがとうございます！」

そうして私たちは田岡先生から許可を得ると、着替《きが》えを済ませて部員全員で海辺に向かった。

花火は例年どおり、ＯＢから差し入れられたものだ。

マネージャーである私と智恵理も参加して、一度目のときと同じメンバー・同じ時間・同じ場所で夏合宿の打ち上げが始まった。

「新チームで絶対に優勝するぞ！」

そう言って花火の一本目に火をつけたのは新キャプテンの小船先輩だ。

小船先輩の宣言を合図に、みんなが続々と手持ち花火に火をつけて、遊び始めた。

「やべっ！　俺のすぐに消えたわ！」

「ハハッ、俺のは変な色なんだけど！」

昨夜はさすがにみんな疲《つか》れているように見えたけど、今は四日間の合宿をやり遂《と》げた達成感からか、表情が明るい。

私は一度目のときと同じように、みんなが楽しそうにはしゃぐ姿を横目で見ながら、後片づけの段取りを始めた。

花火のゴミは、終わったあとすぐに捨てやすいように、専用の消火剤入りゴミ袋《ぶくろ》を広げておこう。

ひとつじゃ足りないだろうから、最低三つは用意して、分散して置いておかないと。

「真面目かよ」

と、黙々とマネージャー業に勤しんでいたら、突然背後からツッコまれた。

弾《はじ》かれたように振り向くと高槻くんがいて、私は思わず目を見開いた。

「みんな花火やってるし、滝瀬も一緒にやればよくね？」

そう言う高槻くんは、着火ライターと花火を数本持っている。

私は一度目のときにはなかった展開に直面して、また戸惑いを隠《かく》せなかった。

「とりあえず普通の手持ち花火と線香花火を持ってきたけど、どっちがやりたい？」

やらないという選《せん》択《たく》肢《し》はないという圧を感じる。

「ど、どっちでも……」

私はとっさに、優《ゆう》柔《じゅう》不《ふ》断《だん》な返事をした。

「じゃあ、どっちもやるってことで」

「え？」

「とりあえず、ゴミ袋は適当に置いておけよ。片づけなんて、花火が終わったあとに全員でやったほうが効率いいだろ」

　高槻くんの言うことはもっともだ。

　なにも言い返せなくなった私は、持っていたゴミ袋を足元に置くと、高槻くんに近寄った。

「はい。これ、滝瀬のぶんな」

　差し出された花火を受け取ると、高槻くんが隣に並んだ。

　自然と花火を海のほうに向けたら、高槻くんは持っていた着火ライターで火をつけてくれた。

「わぁっ！」

　次の瞬間、ボウッと小さな音を立てて花火が咲《さ》いた。

　赤と白が交ざった色だ。火花がキラキラと散って、とても華《はな》やかできれいだった。

「滝瀬の火、もらってもいい？」

「も、もちろん、どうぞ！」

「サンキュ。……あっ。俺のは、オレンジっぽい色だ」

「ほんとだ。ふふっ、高槻くんのバッシュと同じ色だね」

　自然に笑みがこぼれていた。

すると高槻くんは一瞬黙って、私のほうを見た。

不思議に思った私も隣の高槻くんに目を向けた。

花火の明かりが映る瞳《ひとみ》はとてもきれいで、思わず目を奪われた。

「……よく見てくれてるんだな」

「え?」

「さすが、マネージャー」

そう言うと高槻くんは、くすぐったそうに笑った。

無防備な笑顔を見た私の心臓は、ドキンと大きく飛び跳ねた。

「花火、まだいろいろ種類があるからやってみようぜ」

一本目の花火が消えたあと、高槻くんは持ってきた花火を次々と私に手渡してくれた。

だけど花火は続いても、そのあとの私はドキドキして会話をうまく続けられず、簡単な相槌《あいづち》しか打てなくなった。

「次は、こっちやってみる?」

「う、うん」

「ゴミ、足元にある袋に入れろよ」

「う、うん。ありがとう」

せっかく高槻くんが気を使って声をかけてくれたのに、これじゃあ台なしだ。

ふたりきりで話せるチャンスなのに、実りある話はできないまま、時間だけが過ぎていく。

「あっ。この線香花火で、あっちからもらってきた花火は終わりだな」

そうこうしているうちに、最後の線香花火に火がつけられた。

焦りがピークに達した私は、話せる話題を必死に頭の中で探した。

そ、そうだ！

「あの……っ。今さらなんだけど、体育祭のとき、写真に誘ってくれてありがとう」

体育祭があったのは、二ヶ月前だ。

本当に今さらな話題を持ち出した私を、高槻くんが不思議そうに見た。

けれど緊張していた私は、高槻くんのほうを見られなかった。

「まさか、誘ってもらえるとは思わなかったから」

「あー、あれ。俺は逆に、迷惑だったかもなって思ってた」

「え？」

「だって、なんか俺が無理やり誘った感じだっただろ。もしかして滝瀬は、俺らと写真とか撮りたくなかったかもなーとか、あとになって考えてた」

そう言うと高槻くんは、自分の線香花火にも火をつけた。

そして、浜辺にそっと腰を下ろした。

私もつられて、高槻くんの隣に腰かけた。

「写真の滝瀬、全然笑ってなかったからさ。もしかして、俺の隣が嫌で笑えなかったのか？　とか……。まぁ、いろいろ考えた」

高槻くんは前を向いたまま、苦笑いをこぼした。

お互いが持っている線香花火が、パチパチと控《ひか》えめな音を響かせる。

私はまた高鳴る鼓動に急かされるように、閉じていた唇を開いた。

「た、高槻くんの隣が嫌とかあり得ないよ！」

「え……」

「変に気を使わせちゃってごめんね。実は私、昔から写真が苦手なんだ」

「写真が苦手？」

「うん。写真写りが悪いのがコンプレックスで、写真を撮られるのが嫌《きら》いなの。っていっても、元々が大したことないから、写真の写りが悪いのは当然なんだけど」

自虐《じぎゃく》して笑った瞬間、私の線香花火の火がぽたりと落ちた。

続いて高槻くんの線香花火の火も消えて、月明かりだけが私たちの手元を照らした。

「だから……本当に、高槻くんの隣が嫌だったとかじゃないよ。それは絶対に違うから」

念を押すように言った私は、下唇を噛みしめた。

今が夜でよかった。たぶん私の顔は、夕日に照らされたみたいに真っ赤に染まっているだろう。

私の話を聞いてくれた高槻くんは、黙り込んでいた。

そのうち、沈黙に耐《た》えられなくなった私は、

「終わった花火、ゴミ袋に入れてくるね」

そう言って立ち上がろうとした。

だけど思いがけず、小さく笑った高槻くんに、引き留められた。

「なんだ……。よかった」

「え？」

「って、自分でもよくわかんないけど。俺の隣が嫌だったわけじゃないって聞いて、今、めっちゃホッとしてる。俺、変だな」

そう言うと高槻くんは、またくすぐったそうに笑った。

ドキンドキンと心臓が早鐘《はやがね》を打つように鳴り始めて、手が少しだけ震えた。

「っていうかさ。滝瀬は今、元々が大したことないって言ったけど、全然そんなことなくね？」

自分の膝に腕を置いて私の顔をのぞき込んだ高槻くんが、また無邪気《むじゃき》な笑みを浮かべた。

「あと、俺も滝瀬と同じで写真苦手なんだよ」

「えっ、そうなの？」

「そう。中学のとき、名前も知らない女子とかに、一緒に写真を撮ってほしいって頼まれるのが嫌すぎた。そのうちに、写真自体が苦手になった感じ」

そのときのことを思い出したのか、高槻くんは不満げな顔をした。

「なんだ……。滝瀬も写真嫌いなら、逆にあのとき俺らだけ、抜ければよかったな」

そう言った高槻くんは、今度はイタズラを企《たくら》む子供のような笑みを浮かべた。

胸がきゅうっと締めつけられる。

――私は一度目の高校生活のときから、今みたいな、高槻くんが不意に見せる表情の変化が、たまらなく好きだった。

試合で接戦を繰り広げているときの真剣な表情と、シュートを決めたときに見せる弾けるような笑顔のギャップ。

練習で悔《くや》しい思いをしたあと、そこから立ち上がるときに見せる強さの宿った顔。

ずっとずっと、遠くから見ていた。

一度目のときはそれでいいと思って、満足していた。

だけど今は、こんなにも近くで高槻くんの表情の変化を見られるのが嬉しくてたまらない。

欲張りな私は、これからも高槻くんのいろいろな表情を近くで見たいなんて、自分本位なことを考えた。

「こっちの花火も終わったし、そろそろあっちと合流するか」

次の瞬間、バカな私の考えを打ち砕《くだ》くように、高槻くんが立ち上がろうと腰を浮かせた。

「ま、待って！」

私は反射的に手を伸ばすと、高槻くんが着ている制服のシャツの裾《すそ》を掴んだ。

「ん？　どうした？」

「えっと、あの……。急に、ごめんなさい。でも、私は……あのとき、すごく嬉しかったから」

「え？」

「た、高槻くんは今、俺らだけ抜ければよかったって言ったけど。私はあのとき、高槻くんに集合写真に誘われて、嬉しかった。男バスの一員として認められたような気がして……嬉しかったの」

そのときの気持ちを思い出したら、自然と笑みがこぼれていた。

あの集合写真は、タイムスリップしてきた私にとっては〝未来は変わる、変えられる〟という確信を得られた、大きな出来事でもあった。

でも、それ以上に、男バスのみんなと同じ空気を感じながら大切な思い出を残せた、嬉しい出来事でもあったのだ。

「高槻くんのおかげで、素敵な思い出ができたよ。本当にありがとう」

素直な気持ちを言葉にして伝えた。

すると高槻くんは、

「……なんだよ、それ」

と、さざなみにかき消されそうな声でつぶやくと、私から目をそらした。

「滝瀬が男バスの一員とか、そんなの、もうとっくに部員全員が認めてるだろ」

そう言った高槻くんが、今度こそ立ち上がった。

シャツを離した私も慌てて立ち上がったけれど、高槻くんは手の甲《こう》を口元に当てて顔を隠し、こちらを見ようとしなかった。

「あ、あの、高槻くん？」

「……俺だって、とっくに認めてるから」

「え？　ごめん、波の音でよく聞こえなかった――」

だけど私が、高槻くんにそう聞き返した瞬間、

「こらー！　そこ、ふたりだけで盛り上がるの禁止でーすっ！」

大夢くんの賑やかな声が、あたり一帯に響き渡った。

「ちょっとちょっと！　なんで、ふたりだけ離れたところで花火してるのよ！」

「そうだよ～。ほら、六花ちゃんも優吾も、まだあっちに花火あるから一緒にやろうよ！」

大夢くんだけでなく、智恵理にも呼ばれて、私たちは思わず顔を見合わせた。

そして、ほぼ同時に噴《ふ》き出した。

今というこの時間《とき》がたまらなく楽しくて、どうしようもなく胸が躍る。

「行くか」

「うん」

数歩先を歩く高槻くんを、私は雲の上を歩くような足取りで追いかけた。

――このまま、時間が止まればいいのに。

なんて、前を歩く広い背中と、男バスのみんなが楽しそうにしている姿を見たら、あらためて願わずにはいられなかった。

今、時間が止まれば、このあと私たちを苦しめるコロナパンデミックは起こらない。

みんなとずっと、笑い合っていられるはずだ。

高槻くんが自死する未来も、訪れることはないだろう。

「滝瀬、どうした？」

いつの間にか立ち止まっていた私を、高槻くんが振り返った。

ハッとして我に返った私は、高槻くんを見つめ返した。

「ほら、早く行くぞ」

そう言うと高槻くんは、再び前を向いて歩きだした。

今、生きている私たちの時間は、誰にも止められない。止まらないんだ。

だから歩き続けるしかないのだと、高槻くんに言われているような気がした。

「考えなきゃ……」

私は今にも消え入りそうな声でつぶやいた。

一刻も早く、高槻くんを救うための方法を見つけなければならない。
好きな人の未来を変えるための糸口を、見つけ出さなければならないのだ。
気がつけば、コロナパンデミックが起こるまで——五ヶ月を切っていた。
生ぬるい風が、足元を駆け抜ける。
夏の終わりの気配を感じた私は、行き場のない焦りを募《つの》らせた。

二〇一九年十月

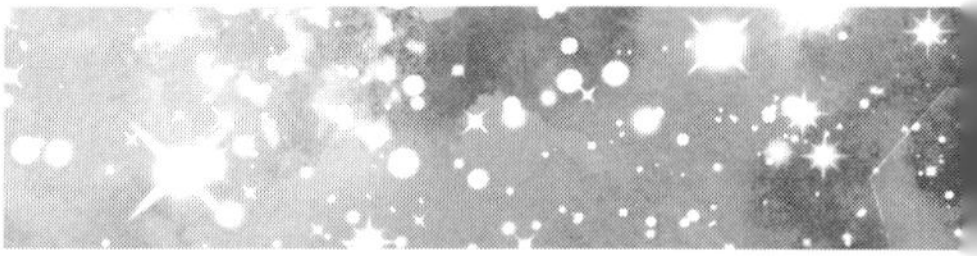

See us at that day linking our wishes.
by Lin Koharu

「こちら、返却《へんきゃく》ですね。他に借りている本はありませんか？」

「はい、ありません」

二〇一九年十月。海凪高校の文化祭前日、私は学校帰りに近所の図書館に寄って、借りていた本を返した。

「今回のは難しすぎて、よくわからなかったな……」

図書館を出てため息をついた私は、スマホを開くとこれまで読んだ本のリストを眺めた。

夏合宿後の花火以降、私は時間を見つけては図書館に通い、タイムスリップを題材にした本を読み漁るようになった。

小説に限らず、難しい学術書的なものにまで手を伸ばして読んでみた。

だけど私はいまだに、〝高槻くんの未来を変えるための具体的な方法〟を見つけられずにいた。

「はぁ〜、どうしよう」

家に帰ってきて、制服のままベッドにダイブした私は、もう何度目かもわからないため息をついた。

本を読んだだけじゃない。

この二ヶ月間、タイムスリップについてスマホでもいろいろ検索《けんさく》したし、関連動画を見てみたりもした。

そして同時に、自殺を考える人の心理状態や境遇《きょうぐう》も調べて、自分なりに勉強してみた。

だけど自殺の理由は当然のように人それぞれで、高槻くんに当てはまりそうなものは見つけられなかった。

そもそも高槻くんが自死する原因と思われる事件は、コロナのせいで起こったものだ。

コロナパンデミックが起こる前の現在《いま》では、似た事例を見つけることは難しい。

「っていうか、高槻くんが本当にあの事件が原因で自殺したと言い切れるわけじゃないし」

一度目の高校生活で、高校三年生になった高槻くんは大切な試合の直前にコロナに感染してしまい、海凪高校男子バスケットボール部は大会の出場辞退を余儀なくされた。

責任を感じた高槻くんは男バスのみんなと距離を置くようになり、数年経ってもその出来事を引き摺《ず》り続けて、ついには自死を選択するまで追い込まれた――。

それはあくまで、二十歳の智恵理が考えた仮説にすぎない。

私としては、高槻くんにとってそれ以上につらい出来事が起きて自殺したと考えるほうが自然な気もしている。

「でも、だとしたら私にできることってないんじゃないの？」

もしも高槻くんが自死した直接の原因が、高校卒業後に起きたことなら、私が関わるのは難しい。

なぜなら私と高槻くんは、学校や部活以外で遊ぶ友達関係でもないし、連絡先だって個人間で交換したことはなく、男バスのグループメッセージで繋がっているだけの状態なのだ。

だから今の状態のまま高校を卒業したら、一度目のときと同じように疎遠《そえん》になるだろう。

このままだと、また、ある日突然、高槻くんの訃報を知らされることになるかもしれない。

「あ〜〜〜っ!!」

私は枕《まくら》に顔を埋《うず》めながら、やり場のない気持ちを叫んだ。

わからない。どうすれば高槻くんが自死する未来を変えられるのか……今のままでは、一向に答えにたどりつけそうにない。

「そもそも私って、このままずっとタイムスリップした状態で生きていくのかな？」

うつ伏《ぶ》せで顔だけ横に向けながら自問した。

図書館で借りて読んだ小説のほとんどが、主人公は最終的に元いた世界に戻るという展開だった。

でも、私は……？

気がついたらあっという間に半年が経っていた。

挙げ句の果てには本来の目的も達成できそうになく、完全に行き詰《づ》まっている状態だ。

「これって、本気でヤバいよね」

このままだと、本当の意味で未来を変えることはできない気がする。

もちろん、一度目の高校生活と比べたら今の私と高槻くんの距離が近くなっていることは事実だ。

だけど先ほども考えたとおり、所詮《しょせん》は友達ともいえない関係で、卒業したら疎遠になるに違いない。

「……って、弱気になってる場合じゃないよ。とにかく、コツコツやっていくしかないよね」

上半身を起こした私はパチンと頬を叩いて気合を入れた。

結局、試行錯誤《しこうさくご》しながら今の自分にできることをやってみるしかない。

それで、少しずつでも未来が明るくなるように変えていくんだ。

そのために、いろいろと試してみたいこともあった。

「とりあえず、今から明日のための準備をしなきゃ！」

どうにか気持ちを奮い立たせた私は、ベッドから起き上がった。

そして、〝明日の準備〟をするべく、財布を持って家を出た。


「六花～！　文化祭、想像以上に盛り上がってるね！」

悩んでいても夜は明ける。

翌日、海凪高校では第一〇八回・海凪祭が開催された。

今年の海凪祭は、私たちの高校生活における最初で最後の一般《いっぱん》公開が行われる文化祭になる予定だ。

年明けに日本でコロナウイルス感染者が確認されると、そこからは文化祭のような人が多く集まるイベントは軒並《のきな》み自粛・中止を余儀なくされてしまう。

私は笑顔の人で賑わう廊下《ろうか》を眺めながら、複雑な気持ちになった。

――まだ、誰もマスクをしていない。

こんな光景もあと少しで見られなくなるのだと思うと、自然と心が重くなった。

「ちょっと！　このへんの装飾《そうしょく》を貼《は》りつけたの誰よっ⁉　めっちゃ取れそうなんだけど！」

そのとき、教室の中から誰かの不満げな声が聞こえた。

廊下に出ていた私と智恵理は顔を見合わせると、急いで自分たちのクラスに戻った。

ちなみに私たちのクラスは今日、教室でおばけ屋敷《やしき》をやることになっている。

「ほら、ここもっ！　両面テープ、剝《は》がれそうになってるじゃん！」

教室に入ると、クラスの一軍女子のひとりが壁《かべ》に貼りつけられたおばけの絵を指さしながら怒っていた。

空気が重い教室内を見渡しながら、私は〝やっぱりこうなってしまった〟と、心の中でつぶやいた。

実は今回の海凪祭、私のクラスはトラブルが頻発《ひんぱつ》してクラスメイト間で諍《いさか》いが起きるのだ。

本来であれば文化祭は親睦を深めるイベントのはずなのに、うちのクラスは真逆の結果になってしまう。

だから、悪い意味で印象に残っていた。

高校生活最初で最後の文化祭は、最低最悪な思い出になってしまった――と。

「っていうか、このへんをやったのって女子じゃね？」

「違うよ！　高いところは女子じゃ手が届かないから、男子が貼りつけてくれたんじゃん！」

一般の人たちの入場時間まであと十五分しかないのに、女子と男子が本格的に揉《も》めだした。

「ちょ、ちょっと、なんかヤバくない？」

智恵理が焦って私に耳打ちをする。

一度目の高校生活のとき、私は、そんな智恵理に同意しながら事態を静観していることしかできなかった。

だけど、今回は――。

「わ、私……っ。超強力両面テープ、持ってます！」

思いきって声を上げた。

すると、智恵理を含めたクラス全員がこちらを向いた。

緊張で、思わずゴクリと喉《のど》が鳴る。

私は今日のために準備したウエストポーチから超強力両面テープを取り出すと、それを揉めている男女の前に差し出した。

「これで留め直せば、たぶんもう落ちてこないと思う」

ふたりは戸惑いながらも私の手から両面テープを受け取ってくれた。

そして気まずそうに目配せをし合ったあと、協力しながら壁の装飾の補修を始めた。

「ちょ、ちょっと六花！　なんで超強力両面テープとか持ってるの⁉」

重い空気が消えたあと、駆け寄ってきた智恵理に詰め寄られた。

私は目を泳がせながら、ウエストポーチに手を添えた。

「じ、実は昨日から、私も装飾が剥がれそうだなぁって気になってたの。だから、なにかの役に立てばいいなと思って、家にあったのを持ってきたんだ」

当然、嘘だ。

超強力両面テープは、昨日、家の近くの文房具店《ぶんぼうぐてん》で買ってきたもの。

「そうなんだ。もうっ、ビックリしたよ！　六花には予知能力でもあるのかと思っちゃったじゃん」

「ア、アハハ……。そんなの、あるわけないよ～」

曖昧に笑った私は、再び目を泳がせた。

そして、あらためて教室内を見渡した。

私たちの高校生活、最初で最後の文化祭。

私は、できれば二度目は苦い思い出にしたくなかった。

同じクラスの智恵理や高槻くん、大夢くんやクラスメイト全員にとって、文化祭が良い思い出になるようにしてあげたい。

「そうなるように導けるのは、今の私だけだもんね……」

小さな声でつぶやいた私は、決意を新たに胸の前で拳を握りしめた。

私はこれから起こるトラブルを回避《かいひ》して、文化祭を成功させる。今日は、そう心に誓《ちか》って学校に来た。

でも……実は、文化祭を成功させたい理由は他にもあるのだ。

私は文化祭を成功させることで、〝未来を変える練習〟がしたいと考えていた。

練習というと聞こえは悪いかもしれない。

だけど、もしも本当に文化祭を成功させることができたなら、未来は意図的に変えられる——つまり、〝高槻くんが自死する未来を変える〟ことも可能だと、証明できると思ったのだ。

「とりあえず、思い出せる限りのトラブルを回避するための道具は用意したし、きっと大丈夫だよね……」

ひとりでブツブツつぶやく私を、智恵理は終始不審そうに眺めていた。

「ちょっと！　お客さんに渡す懐中電灯《かいちゅう》の電池が切れてるんだけど！」

そうして私の予想していたとおり、一般入場が始まってからすぐにふたつ目のトラブルが発生した。

おばけ屋敷に入るお客さんに渡す予定の、懐中電灯の電池が切れてしまったのだ。

予備を三つ用意していたはずなのに、三つとも電気がつかないという、まさかの事態。

「もう仕方ないから、お客さんに自分のスマホのライトを使ってもらえばよくない？」

受付の子のひとりが提案した。

するとクラスメイトたちは「名案じゃん！」と、その意見に賛同した。

でも……実はこのことが、もっと大きなトラブルの要因になることを私は知っている。

一度目のときは今のアイデアを採用して、お客さんには自分のスマホのライトを使っておばけ屋敷に入ってもらうことになった。

その結果、中でおばけに驚いたお客さんがスマホを落として画面を割ってしまい、弁償騒《べんしょうさわ》ぎが発生するのだ。

最後は学年主任の先生がお客さんに謝罪する事態になって、最初にアイデアを提案した子がクラスメイトから責められるという最悪の展開が待ち受けている。

「それじゃあ、次に入るお客さんから、持っているスマホのライトを使ってもらう方向で――」

「は、はいっ！　私、懐中電灯の換《か》えの電池を持ってます!!」

素早く手を上げた私は、ウエストポーチから単三電池を取り出した。

そして、すぐに懐中電灯の電池を入れ換え、無事にライトがつくことを確認した。

「これでもう大丈夫だよね！」

超強力両面テープに続いて乾電池まで出してきた私を、クラスメイトたちは少し引き気味に見ていた。

でも、べつに引かれてもかまわない。

これも全部、文化祭を無事に成功させて、未来は意図的に変えられるのかどうかを確認するために必要なことだと思えば胸を張れる。

「うーわ、マジかよ。暗幕を吊《つ》るしてるフック、外れかけてんじゃん」

「暗幕落ちてきたら、おばけ屋敷終わりじゃね⁉」

それからまたしばらくして、教室内からそんな会話が聞こえてきた。

三つ目のトラブルだ。

「暗幕が落ちたら、普通に部屋の中は明るくなっちゃうしな」

心配しているクラスメイトの予想どおり、このままだと暗幕は本当に落ちてしまう。

そして修復するまでに一時間以上かかって、みんなイライラして揉め始めてしまうのだ。

暗幕を見上げるクラスメイトのところに駆けつけた私は、ウエストポーチからコンパクトにまとめておいた園芸用ロープを取り出した。

「フックが外れないように、今のうちにコレで補強するのはどうかな⁉」

「え……」

園芸用ロープを手渡すと、また引き気味の顔で見られてしまった。

私はもう、苦笑いでやり過ごすしかない。今の私は、青いネコ型ロボットだと自分自身に暗示をかける。

「えっ、嘘っ！　元カレが来てるんだけど！」

「元カレって、気に入らないことがあるとすぐに手を上げるって言ってたアイツ⁉」

そうしてまたしばらくしたころ、四つ目のトラブルが発生した。

クラスの女子の元カレが乗り込んできて、おばけ屋敷内で散々迷惑行為《こうい》を働くのだ。

これには、さすがの私もひとりで対応するのは難しい。

「熊野《くまの》先生っ！　人手が足りないので、うちのクラスに来ていただけますか⁉」

ヤンチャな元カレの姿を確認した私は、海凪高校でも超強面《こわもて》で有名な、柔道部《じゅうどうぶ》の顧《こ》問《もん》である熊野先生を呼んできた。

そして得意のウエストポーチから結束バンドを取り出すと、背の高い熊野先生に手渡した。

「あの、天井近くについている装飾が落ちてきそうで……。補強したいんですけど、私たちじゃ手が届かないので、先生にお願いしてもいいでしょうか」

強面だけど優しい熊野先生は、ふたつ返事で引き受けてくれた。

ヤンチャな元カレは熊野先生がクラスにいるのを見て、一切悪さをしないでおばけ屋敷から去っていった。

「はい、これで大丈夫かな？」

「あ……はいっ。熊野先生、ありがとうございました！」

熊野先生にお礼を言って頭を下げたあと、私はホッと息をついた。

ウエストポーチの中に用意していた道具は全部使い切った。

つまり、これで今日起きるはずだったトラブルをすべて回避したことになる。

ふと時間を見ると、海凪祭のクラス模擬店《もぎてん》終了時刻まで、残り一時間を切っていた。

「おつかれー、店番交代の時間だよ〜」

最後の店番交代の子が教室に戻ってきた。

すると一緒に、クラス担任の榎里先生も校内見回り係の仕事を終えて帰ってきた。

「おー、なんかうちのクラスのおばけ屋敷、大盛況《だいせいきょう》だったらしいな！」

文化祭も終わりに近づいていることもあり、お客さんはまばらになってきている。

今、榎里先生が言ったとおり、おばけ屋敷は一般のお客さんたちにも大好評だった。

クラスの子たちを見ると、みんな達成感に満ちた笑みを浮かべていた。

みんな、初めての文化祭を無事に楽しめたんだ。

よかった。一度目のときのように、文化祭が苦い思い出にならなくて。

そして私も、文化祭を成功させたことで、〝未来は意図的に変えられる〟という確証を得られた。

未来は意図的に変えられる――。つまり、高槻くんが自死する未来も、私が行動することで変えられる可能性があるということだ。

私は心の中でガッツポーズしたあと、少しだけ胸を張った。

「……ねぇ。ちょっと気になってたんだけどさ」

ところがそのとき、予想だにしないトラブルが起きた。

「六花ちゃん、今日ずーっと店番やってない？　店番は交代制で、一人ひとりに自由時間があったはずなのに、六花ちゃんって誰かと交代した？」

クラスメイトのひとりが、教室の端にいた私を見てそう言ったのだ。

思わずギクリと肩を強張らせた私は俯《うつむ》いた。

今、クラスメイトの子に指摘されたとおり、私は今日、トラブルを回避するため一日中自分の教室に留まっていた。

本来であれば、みんなが平等に海凪祭を楽しめるよう時間を決めて交代することになっていたのだけれど、なんだかんだと理由をつけて教室に残っていたのだ。

「そういえば……滝瀬さん、ずっと教室にいたよね」

「ハァ？　マジかよ」

「え、なんで滝瀬さんだけずっと店番やってたの？」

「私、交代予定だった子が、滝瀬さんにちゃんと声をかけてるのは見たよ！」

「ハァ？　じゃあ、滝瀬さんがそれを断ったってこと？」

ひとりの指摘を皮切りに、クラスメイトがざわめきだした。

今、教室内にいる全員の視線が私に集中している。

マズいと思った私は、この場を切り抜けるための言い訳を頭の中で必死に探した。

「今、交代予定の奴は滝瀬に声かけたって言ってたけどさ～。実は女子の誰かが、滝瀬に仕事を押しつけたりしてて、交代できなかったとかじゃねぇの？」

だけど私が悩んでいるうちに、ひとりの男子が発した思いもよらない言葉で、教室の空気が一変してしまった。

「はぁ!?　女子の誰かって誰のこと言ってんのよ！」

「そりゃあ、気の強い誰かだろ。例えばお前とか、いかにもやりそうじゃん～」

突《つ》っかかったのは、最初のトラブルのときに一軍女子に文句を言われていた男子だった。

途端に教室内は不穏《ふおん》な空気に包まれて、みんなの顔から笑顔が消えた。

揉め始めたふたり以外の子たちは気まずそうに下を向いて黙り込んでいる。

このままでは元の木阿弥《もくあみ》だ。

顔を上げた私はどうにかして事態を収拾しようと、慌てて一歩前に出た。

「違うよ、私は誰かに店番を押しつけられたわけじゃなくて、自分が店番をやりたくてやってただけだから！」

トラブル回避のことは伏《ふ》せながら、事実をありのままに伝えた。

だけどそれだけでは、一度重くなった空気は変わらなかった。

「滝瀬、今の話は本当か？　本当に、誰かに仕事を押しつけられたわけじゃないんだな？」

心配してくれたらしい榎里先生が、念を押すように私に尋ねた。

私は必死に頷いたのだけれど、榎里先生が私に確認したことが、裏目に出てしまった。

「えっ、なんか今の聞き方だと、うちらが疑われてるみたいじゃない？」

「誰も滝瀬さんに仕事を押しつけてなんかなかったよね？」

「でも、見てないところで誰かが押しつけてた可能性はあるよね」

「あ……そういえば滝瀬さん、なんか今日はやたらといろいろ持ってきてたよね」

「じゃあ、それも誰かに言われて持ってきてたってことか？」

「だとしたら、闇《やみ》が深すぎるんだけど！」

――最悪だ。私が未来を変えようと動いたことで、まさか別のトラブルが発生するとは思わなかった。

みんなは、いるはずもない犯人探しを始めて、お互いを疑心暗鬼《ぎしんあんき》の目で見ている。

対する私は、この事態にショックを受けて絶望した。

結局、文化祭をいい思い出にしてあげられなかったこと。

なにより、〝未来は意図的に変えられる〟という、たった今抱いたばかりの希望が見事に打ち砕かれたことに対するショックが大きい。

二度目の文化祭も、一度目のときと同じようにクラスメイトは揉めて、教室内の空気は最低最悪なものになってしまった。

これじゃあ、むしろ今回のことは、〝私がどんなに抗《あらが》ったとしても、結局未来は変わらない〟という現実の証明になってしまったといえるだろう。

考えたら、頭が痛くなった。

そういえば図書館で借りて読んだ本の中にも、タイムパラドックスや、歴史を変えようとしても元に戻そうとする力が働いて無理だとか、今回のことと似たような例が書いてあった。

細かいトラブルを回避しても、結局別のトラブルが発生して、結果は一度目も二度目も同じになる。

もしも、タイムスリップの仕組みがそうなっているのだとしたら、私がどんなに抗っても、高槻くんが自死する未来は変えられないってことで――……。

と、ぐるぐると思考を巡《めぐ》らせていたら、突然、凛《りん》とした声が教室内に響いた。

「滝瀬、普通に楽しそうに店番してたけどな」

ハッとして顔を上げた私は、声がしたほうへと目を向けた。

視線の先には高槻くんがいて、必然的に目と目が合った。

教室内はシンと静まり返っていて、全員の目が、高槻くんに向けられた。

「滝瀬は、本当に自分がやりたいから店番をやってたんじゃねぇの？」

「あ……う、うんっ。私は本当に、自分がやりたいから店番をやってました！」

思わず敬語になってしまった。

すると高槻くんは力が抜けたように笑って、私を見つめる目をそっと細めた。

「滝瀬って、みんなで花火をやろうってときも、ひとりだけ黙々と片づけの準備をするような奴だもんな」

「え……」

「そういうの、職業病っていうんだっけ？　だから今日も、クラスのマネージャーをやってた感じじゃね？」

そう言うと高槻くんはとても優しくほほ笑んだ。

そしてあらためて榎里先生に目を向けると、ゆっくりと口を開いた。

「滝瀬がやりたくて店番をずっとやってたっていうなら、それはそれでよくないですか？」

「ま、まぁな。滝瀬がやりたくてやってたなら、それはべつに責められることでもないし、クラスの誰かに責任があることでもないな」

高槻くんに問われた榎里先生は、もう一度確認するように私を見た。

私は胸の前で拳を強く握りしめたあと、大きく息を吸い込んだ。

「私の勝手で、みんなに勘違いをさせちゃって、すみませんでした。私はどうしても今回の文化祭を成功させたくて、ひとりで張り切っちゃったんです」

そう言って深々と頭を下げた私は、恐る恐る顔を上げてみんなの顔色をうかがった。

するとみんなはそれぞれに顔を見合わせたあと、肩の力が抜けたように笑った。

「なーんだ、心配しちゃったよ。っていうか滝瀬さんのおかげで、おばけ屋敷は成功したと言っても過言じゃないよね？」

ひとりの子がそう言うと、クラスメイトたちは頷きながら私に拍手《はくしゅ》をしてくれた。

「六花ちゃん、おつかれさま～！　ありがとっ」

「つーか、滝瀬のウエストポーチ、便利道具が次々出てきてビビったわ！」

「六花ちゃん、一家に一台必要だよね～！」

みんなに称《たた》えられた私は呆然としながら、頭の中で今の状況を必死に整理した。

――これって、結局、未来を変えられたってこと？

私の心配をよそに、そのあとは特にトラブルが起きることもなく、二度目の文化祭は大成功で幕を閉じた。

クラスのみんなにとっても、今回の文化祭は、無事にいい思い出になったと思う。


「た、高槻くんっ！」

そうして、海凪祭終了後。私は教室の片づけ中にひとりでゴミ捨て場に向かおうとする高槻くんを廊下で呼び止めた。

足を止めた高槻くんが振り返る。

すぐそばまで駆け寄った私は、高槻くんに向かって深々と頭を下げた。

「さっきは、どうもありがとう。高槻くんのおかげで、みんなの誤解を解くことができたから」

顔を上げると、高槻くんはフッと力が抜けたように表情を和らげた。

「べつに。俺は自分が思ったことを言っただけだし」

高槻くんはなんということもないように言ったけど、高槻くんのフォローがなければ、私はなにも言えずに諦めてしまっていただろう。

高槻くんのことだって……。高槻くんが自死する未来は変えられないと、諦めてしまっていたかもしれない。

「た、高槻くん、あのね。もしもこの先、高槻くんに――」

〝苦しいことがあったら、そのときは私でよければ力になりたい〟

〝ひとりで悩まないで、話してほしい〟

そう伝えようと思った。

だけど私が言いかけた言葉は、

「あっ、優吾と滝瀬さん！　今からみんなで写真撮るから教室に戻ってきてよ！」

教室から聞こえてきた声に遮られて、伝えられなかった。

「え？」

ふたり同時に振り向くと、クラスメイトのひとりが私たちに向かって手招きしていた。

「ほら、こっちでみんな集まってるからさ！」

そう言ったクラスメイトの手には、スマホが握られていた。

対する私は返事に詰まって、開いていた唇をとっさに閉じた。

教室の前では、SNSにアップする用の動画を撮っている子たちもいる。

誘ってもらえて嬉しい気持ちはある反面、そもそも写真が苦手な私は気後れしてしまった。

でも、ここは空気を読んで参加するべきなのだろう。

「なぁ、早く来いよ！　一緒に撮ろうぜ！」

「い、行こっか」

私は複雑な気持ちでそう言うと、教室に戻ろうとした。

だけど私が踵《きびす》を返そうとした瞬間、高槻くんが持っていたゴミ袋のひとつを、私に向かって差し出した。

「はい。一旦《いったん》、これ持って」

「え……」

足を止めて戸惑いながらゴミ袋を受け取ると、高槻くんは、

「あっちの廊下の角を曲がったら、また俺が持つから」

と、私にそっと耳打ちした。

「ほら、早く来いって！」

「悪い！　俺ら、これからゴミ捨てに行くから写真はパスで！」

「はぁ!?」

「ほら、滝瀬。行くぞ」

「う、うんっ。え……っと、あの、せっかく誘ってくれたのにごめんなさい！　ありがとうっ」

声をかけてくれたクラスメイトに向かって頭を下げると、私は高槻くんに渡されたゴミ袋を持って、一歩先を歩く高槻くんを追いかけた。

廊下の角を曲がったら、高槻くんは宣言どおり、私の手からゴミ袋を取り上げた。

高槻くんは戸惑っている私の顔を見て、イタズラが成功した子供のような笑みを浮かべる。

「俺らは、〝写真苦手同盟〟だからな」

「あ……」

「じゃあ、滝瀬はどこかで適当に時間潰《つぶ》してから教室に戻れよ」

そう言うと高槻くんはゴミ袋を持ち直して行ってしまった。

窓から差し込む夕日に照らされた高槻くんの後ろ姿が、たまらなく眩しい。
私は、一瞬、高槻くんの背中を追いかけるべきか悩んだ。
だけど今は、追いかけても、うまく話せる自信がなかった。
心臓の音が、全速力で走ったあとみたいに速くって――…。
結局、私はしばらくその場に立ち竦んだまま、高槻くんが消えた先を眺めていた。

二〇一九年十二月

See us at that day linking our wishes.
by Lin Koharu

「お母さん、うちにマスクのストックってある？」

二〇一九年十二月初旬《しょじゅん》。私が二度目の高校生活を送り始めて八ヶ月が経過した。

一度目のときと同じように世界が動いているとするのなら、いよいよ来月には国内初の新型コロナウイルス感染者が確認される。

その前に今月中には、国外での感染者についての報道がされるはずだけど……。

今現在、まだ日本のメディアではコロナの情報は取り上げられていなかった。

「マスクのストック？　たしか去年の冬に買ったやつの残りが、少しだけあったと思うけど」

「少ししかないなら、今のうちに買っておいたほうがいいかも」

「え？　急にどうしたのよ。もしかして六花、風邪でも引いたの？」

「う、ううん。そういうわけじゃないんだけどさ」

朝ご飯を食べ終えた私は、内心いけないことだと自覚しながらも、お母さんにマスクの買い溜《だ》めを勧《すす》めた。

お母さんは意味がわからないといった様子で、首を傾げている。

「風邪じゃないのにマスクが必要だなんて、本当にどうしたのよ」

コロナ禍を経験した私からすれば、マスクが必要ないという考え方のほうが理解に苦しむ。

それほど、これから先の三年間で、私たちはマスクをするのが当たり前で〝普通〟になってしまうのだ。

「べつに、風邪じゃなくてもマスクをすることはあるでしょ。メイクするのが面倒くさいときとか、あとは花粉症《かふんしょう》の人とか、普通にマスクするじゃん」

どう説明したらいいのだろう。

私はもどかしさに苛立ちながら、モゴモゴと口の中で言葉を転がした。

「とにかく、マスクは今のうちに何箱か買っておいたほうがいいよ。あと……そうだ、アルコール消毒液も！　それとトイレットペーパーと、非常食みたいなのとかも、買っておいたほうがいいと思う」

「え～？　ちょっと、本当にどうしたの？　昨日の夜、変な夢でも見たの？」

私の焦りは一ミリも伝わらず、お母さんは呆れたように笑っていた。

「あっ、わかった。ＳＮＳで、大地震《だいじしん》がくるとかの予言でも流行《はや》ってるんでしょ。そういうの、デマ情報っていうの、お母さん知ってるわよ」

「デマ情報なんかじゃないよ！　私は、ほんとに――……」

「はいはい、わかったから。もう早く学校に行きなさい。今日は期末テスト最終日でしょう？　くだらないことで騒いでる場合じゃないわよ」

結局、お母さんには終始軽くあしらわれてしまい、それ以上のことは話せなかった。

私はやるせない気持ちになりながら、家を出て学校に向かった。

マスクも消毒液も、今日の帰りにお小遣《こづか》いで買っておこう。

そんなことを考えながら通学路を歩く私の足取りは重い。

自分の母親ですら、説得できないのだ。

最初のころによく考えていた、〝ＳＮＳでコロナのことを投稿してパンデミックを未然に防ぐ〟なんて、夢物語にもほどがあった。

「でも、海凪祭のトラブル回避はできたし、高槻くんとの関係だって変わってきてるよね……」

自分だけに聞こえる声でつぶやいた私は、思わず立ち止まった。

現時点では、コロナパンデミックが起こらない可能性もゼロではない。

なぜなら今私が言ったように、未来は変わる、変えられるのだ。

「マスクだって、買い溜めする必要がないなら、それが一番いいよね」

素顔で笑い合う生徒たちが、立ち止まっている私を追い越《こ》した。

それを見てわずかな希望を抱いた私も、顔を上げて再びゆっくりと歩き始めた。

＊　＊　＊

「はぁ〜。でも、やっぱり落ち着かないな」

その日、無事にテストを終えた私は、放課後、ひとりで体育館を訪れた。

海凪高校ではテスト最終日までがテスト期間になっていて、部活動は停止するように決められている。

だから、今日も男バスの練習はお休みだ。

私は倉庫からバスケットボールをひとつ取り出すと、普段部員たちがしているようにダムダムと弾ませた。

静かな体育館にいると、一度目の高校生活で、コロナで部活動が停止されていたときのことを思い出してしまう。

〝三密〟を避《さ》けるように言われて、ほとんどの部活が思うように活動できなくなってしまったのだ。

海凪高校では体育館でやる部活は曜日交代制になり、男バスの部員たちが顔を合わせる回数も減ってしまった。

「またあのときと同じ思いをするのは、すごくつらいなぁ」

私はコロナ禍を経て、ようやく世の中が元の生活を取り戻し始めた二〇二三年の八月からタイムスリップしてきた。

もしも本当に一度目のときと同じようにコロナパンデミックが起きた場合、みんながこの先、どれほど苦しい思いをするのか知っている。

特に今の二年生は、三年生にとって集大成であるインターハイが中止になり、悔し涙《なみだ》を流すことになるのだ。

高槻くんも先輩たちが泣いている姿を見て、悔しそうに顔を歪《ゆが》ませ、拳を強く握りしめていた。

「見たく……ないな」

男バスのみんなが悲しむ姿はもう見たくない。

休校になって学校のみんなに会えなくなるのも嫌だし、お昼ご飯のときすら気軽に雑談できなくなるのも嫌だ。

ボールを持ったままフラフラと歩き出した私は、フリースローラインに立った。

――本当は、タイムスリップしてきたときから考えていた。

私がタイムスリップしたのは、二〇二三年にこの場所で、『高槻くんに、もう一度会いたい』と願ったからだ。

だから今ここで、〝二〇二三年に帰りたい〟と願いながらスウィッシュシュートを決めれば、私は自分が元いた時代に帰れるのではないだろうか。

このあと、世界は大混乱に巻き込まれていく。

私たちはなにが正しい情報で、なにが間違っているのかわからずに、不安に包まれた毎日を過ごしていくことになるのだ。

コロナに感染したらどうしよう。

自分がコロナに感染したことがバレたら、周りの人やSNSで叩かれるかもしれない。

軽はずみな行動のせいで、家族や友人に迷惑をかけてしまったら？

デルタ株にオミクロン株、誰かの大切な人が死んでしまったらどうしよう。

思い返せば思い返すほど、いったいいつになったらコロナは終わるの？

この先、あのつらい日々が繰り返されるかもしれないと考えたら、息苦しくて胸が詰まる思いがした。

どうしたって弱気にならずにはいられなかった。

「そもそも……もう、当初の願いは叶えられたんだし」

高槻くんに、もう一度会いたい。その願いは無事に叶えられた。

それも、タイムスリップ前はろくに会話もしたことがなかったのに、高槻くんに〝写真苦手同盟〟なんて言ってもらえる間柄になれた。

「そう考えたら……もう、十分じゃないの？」

苦笑いをこぼした私はつぶやいたあと、ゴクリと喉を鳴らした。

そしてゆっくりと視線を上げると、タイムスリップ前と同じようにバスケットボールを頭上で構えた。

仲良くなったからこそ、今の幸せが終わってしまうのが怖《こわ》い。

このままここにいて、もしも高槻くんを救うことができなければ、私は二度のコロナ禍を経験するだけでなく、高槻くんの死まで二度経験するはめになるのだ。

「に、二〇二三年に、帰りたい……」

臆病な自分に負けて願い事を口にした私は、膝をバネのようにして沈《しず》めた。

そしてボールを持つ手に力を込めて、ゴールに向かってシュートを放とうとしたのだけれど……。

「滝瀬？　なにしてるんだよ」

「えっ!?」

不意に名前を呼ばれて、身を強張らせた。

「あっ……！」

止めきれずに放たれたボールは、ゴンッ！と鈍《にぶ》い音を立ててゴールリングに弾かれ、声の主である高槻くんの足元まで転がっていった。

「なんだ、惜《お》しかったな」

ボールを拾った高槻くんは、そう言うと私のそばまで歩いてきた。

そして私の隣に並ぶときれいなシュートフォームでボールを放ち、見事にスウィッシュを決めた。

「で、ここでなにしてんの？」

もう一度尋ねられて、私はようやく我に返った。

よくよく見れば高槻くんは、制服を着ている私と違って、部活のときの練習着姿だ。

「た、高槻くんこそ、テスト期間終了後の練習再開は明日なのに、どうしたの？」

私は動揺を誤魔化すように、質問に質問で返した。

そして逃げるように、ゴール下に転がっているボールを拾いに向かった。

幸いにも、私が口にした願い事は聞かれていなかったみたいだ。

思わずホッとしたのは、自分がタイムスリップしてきたことがバレずに済んだ……

ということだけが、理由ではない気がする。

「いや……新人戦、せっかくスタメンで出られたのに、思うようなプレーができずに負けたからさ」

「え……」

「あんな悔しい思い、二度としたくないし。だから今日は、自主練しに来た」

思いもよらない返事に驚いた私は、高槻くんのほうを見た。

目が合うと高槻くんは、私に向かって「パス」と声をかけた。

私は、反射的に拾ったばかりのボールを高槻くんに投げた。

するとボールをキャッチした高槻くんは、また華麗《かれい》なフォームでシュートを決めた。

「俺がスタメンに選ばれたことで、試合に出られない先輩もいるわけじゃん。そんな先輩たちやチームメイトの前で、もう二度と情けないプレーはしたくないだろ」

そう言った高槻くんの目は真剣だった。

バスケに対する熱い思いを聞かされた私は――……また息苦しくて、胸が詰まる思いがした。

「た、高槻くんはさ、もしも……」

「ん?」

「もしも、突然バスケができない状況になったとしたら、どうする?」

気がつくと私は、高槻くんに尋ねていた。

突然不吉《ふきつ》な質問をされた高槻くんは、怪訝そうに顔を歪ませた。

「なんで、そんなこと聞くわけ？」

「それは……。そ、そうだ。ほら、私たちも三年生になったら引退して、いずれバスケから離れるときが来るでしょ。だから、努力をすればするほど、やめるときにつらくなるんじゃないかなって、ちょっと思ったから」

どうにか無難な理由を絞り出した私は、また床に転がったボールを拾った。

気まずい沈黙が私たちの間に流れる。

私は自分で質問をしておきながら高槻くんの答えを聞くのが怖くなって、拾ったばかりのボールを胸に抱き寄せた。

「なんか……滝瀬らしくないな」

「え？」

「だって滝瀬、前に言ってたじゃん。〝今、私たちが当たり前にできてることも、いつ当たり前じゃなくなるかわからない〟〝今できることは今やっておこうって思った〟って」

それはマネージャーになったばかりのころ。

居残りでボール磨きをしていた私が、高槻くんに言った言葉だった。

「で、俺がスタメンでいられるのも当たり前のことじゃないし、いつスタメンから外されてもおかしくないわけじゃん」

「それは……」

「だから、俺に今できることはなんだろうって考えたら、人一倍練習して、さっきも言ったとおり二度と情けないプレーをしないようにすることだと思ったんだ。誰よりも練習して、チームに貢献《こうけん》したい。だから逆に、今努力をしなかったら、そのほうがやめるときにつらい思いをすると思う。まぁ……〝俺は〟だけどな」

そう言うと高槻くんは、また、私に向かって「パス」と言って構えた。

私は、今度はボールを渡すのを躊躇《ちゅうちょ》した。

そんな私を見て高槻くんは、フッと息をこぼすようにほほ笑んだ。

「滝瀬が今、なんで不安になってるのか俺にはわからないけどさ。〝今を楽しんだ者勝ち〟なんじゃねぇの？」

柔《やわ》らかくも力強い声で紡《つむ》がれた言葉を聞いて、私は思わず目を見開いた。

抱えていたボールに目を落とした私は、ゆっくりと高槻くんに視線を向ける。

——今を楽しんだ者勝ち。

高槻くんのきれいな瞳と目が合ったら、自然と気持ちが高揚《こうよう》した。

狭《せば》まっていた視界が開けて、少しだけ息をするのが楽になったような気がする。

「そう……だよね。結局、未来《さき》のことなんて、誰にもわからないもんね」

「だな」

「変なことを聞いて、ごめんなさい。あの……高槻くんさえ良ければ、私も練習に付き合ってもいいかな？」

そう言うと私は、ボールを高槻くんに向かって投げた。

ボールをキャッチした高槻くんはほほ笑むと、一度だけ小さく頷いてくれた。

「なぁ、前から思ってたんだけどさ」

そして今度は、高槻くんのほうが思いもよらないことを切り出した。

「その、高槻くんっていうの、いい加減やめようぜ」

「え？」

「〝優吾〟でいいよ。……ほら、俺らって一応、〝写真苦手同盟〟だし？」

言い終えて私から目をそらした高槻くんは、強く床を蹴ってシュートを放った。

けれどそのシュートはゴールリングに弾かれて、決まらなかった。

慌ててボールを拾いに走った私は、ボールを拾ってすぐに高槻くんのほうへと振り返った。

するとたか高槻くんはなぜか自分の口元に手の甲を当てながら、黙り込んでいた。

気のせいだろうか。頬と耳先が、ほんのりと赤くなっているような気がする。

「あの、高槻く――」

と、言いかけた言葉を止めた私は、ボールを持つ手に力を込めた。

そして一度だけ大きく息を吸い込んだあと、心を決めて、口を開いた。

「ゆ、優吾くんっ。大丈夫、次は入るよっ!」

そう言うと私は、ボールを力強く〝優吾くん〟に向かって投げた。

私の呼びかけで振り向いた優吾くんはボールをキャッチすると、今度こそきれいなフォームでシュートを決めた。

――この先、未来は変わるかもしれないし、変わらないかもしれない。

どうなるかは、私にもわからない。

でも、ただひとつ確信を持って言えることがある。

私は絶対に、優吾くんに死んでほしくない。

優吾くんにもう一度会えた今、優吾くんが自死する未来だけは絶対に変えたい。

未来を変えたいと、思っている。

「優吾くん、ナイッシュー！」
笑顔でそう言った私は駆け出した。
きっと大丈夫だと自分に言い聞かせ、希望を胸に前を向いた。
——そうして、年が明けた、二〇二〇年一月十五日。
日本国内で初の新型コロナウイルス感染者が確認された。
世界はあっという間に私が知る未来に進んでいった。
〝きっと大丈夫〟。
私の甘い考えは、粉々に打ち砕かれた。

第2章

二〇二〇年四月

See us at that day linking our wishes.
by Lin Koharu

「今日、会社で会議があって、お父さんの部署も来月からテレワーク推進に決まったから」

二〇二〇年四月下旬《げじゅん》。仕事から帰ってきたお父さんが、私たち家族に淡々《たんたん》と報告した。

私は「そうなんだ」と答えながら、心の中では一度目のときと同じだなと他人事のように受け止めた。

「毎日、満員電車に乗って通勤するあなたが一番心配だったのよ。テレワークになるなら本当によかったわ」

安堵の表情を浮かべたお母さんは、帰宅したばかりのお父さんを、すぐにお風呂《ふろ》に入るように促《うなが》した。

ふたりのやり取りを横目で見ながら、私は二階に上がって自分の部屋の扉を開けた。

部屋のカーテンレールには、海凪高校の制服が二週間ほど前からかけっぱなしになっている。

新年度になり、私は高校二年生になった。

クラス替えでは智恵理と同じクラスになれたけれど、優吾くんと大夢くんとは違うクラスになってしまった。だけどまだ、クラスが離れた実感はない。

なぜなら新年度早々、学校が臨時休校になって、私たちはまだ数日しか新クラスに登校できていないからだ。

「ハァ……。まぁこれも、一度目のときと同じだけど」

ため息をついた私は、ベッドに仰向《あおむ》けで寝転んだ。

去年の十二月、〝コロナパンデミックは起こらない可能性もある〟なんて考えていたのが、今となっては懐かしく感じられる。

結局、タイムスリップ前と同様にコロナパンデミックは起こり、世界は一変した。

日本では年が明けてしばらくしたころ、クルーズ船とコロナを関連づけたニュースが連日報道されて、未知のウイルスに関心を集める大きなきっかけになった。

ドラッグストアではマスクやアルコール消毒液が軒並み売り切れて、あっという間に入手困難な状態になった。

このときお母さんには、

『六花、まさかこうなることを知ってたわけじゃないわよね？』

なんて聞かれたけれど、私はしらばっくれてやり過ごした。

あらゆる商業施設《しせつ》が、臨時休業や時短営業になった。

小中高で臨時休校、大学もオンライン授業を開始。

卒業式、入学式の中止や延期。

緊急事態宣言《きんきゅうじたいせんげん》で、不要不急の外出を控えるように呼びかけられる。

SNSでは、【#おうち時間】や【#stayhome】といったハッシュタグが広まった。

アーティストのライブも軒並み中止と延期。

そして、うちのお父さんの会社のように、仕事はテレワーク推進に切り替わる。

コロナ感染者への村八分、誤った情報——デマの流布《るふ》。

東京《とうきょう》2020オリンピック・パラリンピック競技大会の延期や、その他にも挙げていったらキリがないくらい。

私にとっては二度目となる、コロナ禍が幕を開けた。

でも、これがまだ序章にすぎないことを私は知っている。

私は——ううん、学生である私たちは、この先の未来で、これまで当たり前にあったイベント《もの》を次々と取り上げられていくことになる。

そのひとつ目が、少し前に男バスのグループメッセージで通達された、〝インターハイの中止〟だった。

三年生にとっては、集大成となる大会だったのに。

挑戦《ちょうせん》もさせてもらえなかった先輩たちの悔しさと無念は、後輩《こうはい》である私たちには計り知れない。

と、しばらく天井を見つめながら物思いにふけっていたら、枕元に置いてあったスマホが鳴った。

「あ……智恵理だ。どうしたんだろう」

手に取って見ると、智恵理からの着信だった。

うつ伏せに体勢を直して画面を指でスライドすれば、

《六花～、もうマジでストレスがヤバいんだけど！》

なんて、智恵理の元気な嘆《なげ》き声が聞こえてきた。

「智恵理、もうお風呂入ったの？」

《入ったよ～。さっきメッセ送ったじゃん。六花は？》

「私も、今日はもうあと寝るだけだよ」

《いいねー……って、そうじゃなくて！　もうこの生活、マジで無理！　どこにも行けないし、オンライン授業はまぁいいけど、私は普通に学校で六花と話したいよ～！》

電話越しでも智恵理が項垂《うなだ》れている姿が想像できて、不謹慎だけど少しだけ笑ってしまった。

緊急事態宣言が発令されたことにより、海凪高校は五月末までの休校措置《そち》が取られていた。

当然、部活動も停止されている。

男バスのマネージャーになって以来、こんなにも長い期間体育館に行けていないのは、これで二度目だ。

一度目はもちろん、タイムスリップ前の高校生活のコロナ禍のこと。

《あー、もうっ。早くコロナなんて終わってくれないかな！》

不満を漏らし続ける智恵理に対して、私は思わず苦笑いをこぼした。

今ほどではないにせよ、あと三年はコロナによる制限が続くし、そのあともコロナはなくならずに〝共存〟という選択がされるよ——なんて、とてもじゃないけど言えない。

「今は仕方ないよ。つらいけど、お互い感染しないように気をつけながら生活しよう」

結局、ありきたりなことを言うので精いっぱいだった。

すると智恵理は小さな声で《そうだね》とつぶやいたあと、ため息をこぼした。

《部活は、いつごろ再開できるんだろう。やっぱりまずは学校が始まらないと、ダメだよね》

胸が痛んだのは、そう言った智恵理の声が今までとは違って、とても苦しそうだったから。
今度は「そうだね」と答えた私の声も小さくなった。
《まさか、インターハイが中止になるとは思わないじゃん。三年生はずっと目標にしてた最後の大会がなくなっちゃって、今、めちゃくちゃつらいと思うし》
涙声で紡がれた智恵理の言葉に、私も「うん、そうだよね」と答えながら声を詰まらせた。
《三年生、きっと今年も誰もウインターカップまで残らないよね》
「キャプテンの小船先輩は、残らないってメッセージで先生に伝えてたよね」
《はぁ。そりゃそうだよね。ウインターカップもまた中止になるかもしれないんだし、希望を持って頑張ってもつらいだけとか思っちゃうよね》
「だね……」
《きっと、大夢と優吾くんもつらいだろうな。ふたりとも、先輩たちと勝ち上がるんだって張り切ってたのに》
優吾くん――……不意に智恵理の口から出た名前に、また不謹慎ながらもドキリとした。

コロナで高校が休校になって以来、優吾くんとは一度も会えていない。
そのせいか、名前を聞くだけで、つい意識してしまうのだ。
「ふ、ふたりとも、今ごろなにしてるんだろうね」
《んー、大夢はときどきミンスタのストーリーを更新《こうしん》してるけどね。〃バスケやりてー〃って、今日も投稿してたし》
「ミンスタ……そっか。大夢くんは、ミンスタやってるんだっけ」
《そうだよ~。六花は全然投稿しないよね》
「私は、見るだけが好きっていうか、特に投稿できるようなこともないからさ」
《あーね。でも、それでいうと優吾くんもそうかも》
「え……。優吾くんも、ミンスタやってるの⁉」
思わず、声が上擦《うわず》ってしまった。
《やってるよ~、六花、知らなかったの?》
対する智恵理は至極冷静に通話をしたままスマホを操作して、私にメッセージを送ってきた。
《今、メッセ送ったんだけど見られる?》
「う、うん、今見た」

《それ、優吾くんのミンスタアカウントだよ。っていっても、投稿ゼロだけどね》

智恵理から共有されたのは、ミンスタというSNSアプリの、優吾くんのアカウントだった。

アカウント名は【Y＝T】になっている。高槻優吾のイニシャルだろう。

《大夢が前に優吾くんのスマホで勝手にアプリをインストールしてアカウントを作ったって言ってたから、優吾くんなのは確実だよ》

「そうなんだ……」

優吾くんがミンスタをやっていたのは、今、初めて知った。

タイムスリップ前も、やっていたのかな。一度目のときは、そんなことすら知らなかった。

「智恵理、教えてくれてありがとう」

《どういたしまして。……っていうかさ。前から思ってたんだけど、六花って、もしかして優吾くんのこと気になってる？》

「えっ⁉　な、な、なんっ、なんで⁉」

また声が上擦ってしまった。

私は寝転がっていた身体を起こすと、落ち着きなく視線を動かした。

《えー、だってさぁ。ある日突然、高槻くんから優吾くん呼びになったじゃん。なんだかな~って、思ってさ》
智恵理の鋭い指摘に、私は思わず真っ赤になった。
どうしよう、誤魔化すべき？
一度目のときは智恵理にこんな質問をされたことはなかったから、どうするのが正解なのかわからなかった。
「あ、あの、私は……」
《あっ、べつに言いたくないなら言わなくてもいいよ》
「え？」
《だって、友達だからって、なんでも話す必要ないじゃん。特に好きな人のこととか、大切に胸にしまっておきたいって思うこともあるだろうし。それはそれで、すごく素敵な恋に間違いないよ》
焦る私とは対照的に、智恵理はまた至極冷静にそう言うと、淡々と話を続けた。
《だから私は、もしも六花が優吾くんのことを好きなら応援するよってことだけ、伝えておきたかったの》
「智恵理……」

《当たり前でしょ。友達の恋は、全力で応援するよ。っていうか、応援したい！》

智恵理が満面の笑みを浮かべたのが、電話越しでもわかった。

胸がジーンと熱くなった私は、スマホを持つ手に力を込めた。

中身は二十歳である私よりも、ＪＫの智恵理のほうがよっぽど大人だ。

私はこれまで、地味な自分が人気者の優吾くんのことを好きだとバレたら笑われるんじゃないかと思っていた。

でも、きっと……。一度目のときだって、智恵理なら真剣に話を聞いてくれたんじゃないかと思う。

そして今のように、心から応援してくれたはずだ。

そもそも、恋をすることって恥ずかしいことじゃない。

誰かを好きになるってすごく素敵なことなんだって、年下の智恵理に気づかされた。

「智恵理、ごめんね。ありがとう」

結局、年齢《ねんれい》なんてさしたる問題ではないのだ。

覚悟《かくご》を決めた私は、思いきって言葉を続けた。

「じ、実は私、智恵理の言うとおり、優吾くんのことが好きなんだ」

優吾くんに対する恋心を打ち明けた。

すると智恵理は電話口で、《きゃあああ!!》と甲高《かんだか》い声を上げた。
《やっぱ！　もう今、最高にコロナ憎《にく》いわ！　直接会って語り合いたいんだけど！》
「わ、私も……。智恵理にいろいろ、話を聞いてほしいかも」
《え～、恋する六花、超可愛いんだけど！》
二十歳が女子高生に恋愛相談。べつに悪いことではないのに、やっぱり少し照れくさかった。
《それで六花は、優吾くんのどんなところが好きなの!?　もちろん言いたくないなら言わなくてもいいからね、とか言いつつ、めっちゃいろいろ聞いちゃってごめん！》
智恵理に問われた私は、あらためて自分がなぜ優吾くんに惹《ひ》かれたのかを考えた。
「ん～。どこが好きって聞かれると、やっぱりバスケをやってる姿が一番好きだし、カッコいいなぁとは思うんだけど」
《うんうん》
「でも、なんていうか、今は全部……。バスケをしていないときの優吾くんも好きだから、どこが好きってハッキリとは言えないかも」
自分で言いながら真っ赤になって黙り込むと、なぜか電話の向こうの智恵理も黙り込んでしまった。

「智恵理、どうしたの?」
《……六花。今、危うく私が六花に恋しそうになったわ》
「えっ⁉」
《うん。恋する六花、ヤバいわ。推せる。私、これからめっちゃ推すから覚悟して!》
そう言うと智恵理は、ひとりで《うんうん》と頷いていた。
私は年甲斐《としがい》もなくアタフタしてしまって、熱くなった頬に手を添えた。
《でもさぁ、思ったんだけど。優吾くんも、実は六花のことが気になってるとかありそうじゃない?》
「ま、まさか! そんなことあるはずないよ!」
《えー、でも、優吾くんってモテるけど、女子に塩対応じゃん。それなのに六花とは普通に笑いながら話したりしてるし。私が、六花は優吾くんのことが気になってるんじゃないのかなって思ったきっかけも、ふたりが去年の夏合宿の花火で仲良さそうにしてるのを見たことだもん》
たしかに夏合宿の花火のときには、優吾くんが私に話しかけてくれた。
でも、だからといって、優吾くんも私のことが気になっているだなんて。

絶対にあり得ないとわかっていても、つい期待して胸を高鳴らせてしまう自分が情けなくて、穴があったら入りたい。

《ねぇねぇ。せっかくだから、さっき教えた優吾くんのミンスタにＤＭしてみたらいいじゃん》

「ええっ？　む、無理だよ、そんなの」

《あ……っていうか、べつにＤＭである必要ないか。男バスのグループメッセージに優吾くんいるんだし、そこから普通にメッセージ送ればいいじゃん》

たしかに智恵理の言うとおり、優吾くんにメッセージを送ろうと思えば送ることはできる。

だけど、個人的なやり取りは今まで一度もしたことがないし、優吾くんだって私から突然メッセージが来たら困るだろう。

「そ、そんな勇気はないよ。そもそも、なにを理由にメッセージを送ればいいのかわからないし」

もしも返事が来なかったら、立ち直れる気がしない。

《理由なんて、べつになんでもいいと思うけどなぁ。さっきも言ったけど、優吾くんはインターハイがなくなって落ち込んでるだろうし。誰かに話を聞いてほしいって、

思ってるかもじゃない？》

「それは……」

たしかに、そうかもしれない。

《だから、六花が話を聞いてくれたら優吾くんも——って、あ……ごめん！　ちょっとお母さんに呼ばれちゃった。話の続きは、あとでメッセージでするでもいい？》

「う、うん」

《ほんとにごめんね！　それじゃあ、またあとでね！》

結局、智恵理との通話はそのまま終了した。

私は部屋の中でひとり、静かになったスマホを手にしたまま考えた。

画面には、智恵理に教えてもらった優吾くんのミンスタのアカウントが表示されている。

指で画面をスライドさせると、今度は男バスのグループメッセージから、優吾くんに繋がるトーク画面を開いてみた。

——今ごろ、優吾くんはインターハイがなくなって落ち込んでいるかもしれない。

優吾くんが未来で自死したのは、こうしたコロナ禍でのつらい出来事の積み重ねも原因だったとしたら？

私は、優吾くんが自死する未来を絶対に変えたいと思っている。

そのためにも、できることはすべてやるべきだ。

未来は意図的に変えられるのだと、わかっているんだから――……。

「私が今、優吾くんにメッセージを送ることで、未来を変えられる可能性があるなら絶対にやるべきだよね」

優吾くんがひとりで悩んでいるのなら、力になりたい。

とはいえ不安は消えたわけではない。やっぱり返事が来なかったら……と、どうしてもネガティブになってしまう。

でも、いくら口先だけで、〝未来を変えたい〟なんて言っていてもダメなんだ。

それも海凪祭を通して学んだこと。本気なら、積極的に行動しなければいけない。

「よ、よしっ」

ようやく覚悟を決めた私は、あらためてスマホの画面にタッチした。

そして優吾くんとのトーク画面を開いた状態で、文字を打ち込んでいった。

書いては消して、書いては消してを繰り返したあと、私は深呼吸をしてから震える指で〝送信〟ボタンを押した。

【こんばんは、滝瀬六花です。突然メッセージを送ってごめんなさい。お元気です

か?】

「って、なんか硬《かた》すぎた⁉」

送ってから、あらためて自分のメッセージを読んだ私は青ざめた。

あんなに何度も書いては消してを繰り返したはずなのに、結局送った内容は驚くほど中身がないものになってしまった。

「ど、どうしよう。今からでも送信取消しようかな」

一気に弱気になった私は、メニューを開いて送信取消をしようとした。

けれど悩んでいるうちに、送ったメッセージに既読《きどく》マークがついてしまった。

優吾くんがメッセージを読んだということだ。

ドキリとした私は、伸ばしていた指をとっさに引っ込めてスマホの画面を穴が開くほど見つめた。

【こんばんは】

【滝瀬だって言われなくても、名前見たらわかるけど】

聞き慣れた機械音が、連続で部屋に響いた。

優吾くんからの返信だ。

トーク画面を開いたままにしていた私は、思わずベッドの上で正座をして背筋を伸ばした。

「う、嘘でしょ」

返事が来なかったら……とネガティブなことばかり考えていた私は、すぐに返事が来るパターンを想定していなかった。

【っていうか、ちょうどよかった。俺、滝瀬に話したいことがあったんだ】

私がうろたえているうちに、続けざまに優吾くんからメッセージが送られてきた。

【メッセージだと面倒くさいから、今から電話してもいい？】

そして、そのメッセージを読んで目を剥《む》いた。

電話してもいい？って、これから電話しようってこと？

思いもよらない展開すぎる。私はこれが現実なのかを確かめるためにも、一度だけ頬をつねってみた。

「い、痛い」

どうやら現実みたいだ。だとしたら、早く返事をしないといけない。

私は慌てて、【大丈夫です】と返信した。

するとすぐにスマホが鳴って、優吾くんからの着信を知らせた。

「は、は、はいっ。滝瀬ですっ」

動揺しすぎて声が裏返ってしまった。

とっさに口元を押さえたけれどあとの祭りで、顔が燃えるように熱くなった。

《いや、メッセージでも言ったけど、滝瀬なのは知ってるし》

次の瞬間、優吾くんの耳に心地の良い声が聞こえた。

少しだけ笑っているのが気配でわかって、なんだかとてもくすぐったい気持ちになった。

《おーい、滝瀬、聞こえてる？》

「は、はいっ、聞こえてます！」

《よかった。俺のスマホ、ちょっと古くてさ。すぐに熱くなって、会話が途切《とぎ》れたりするんだよな》

そう言うと優吾くんは咳払《せきばら》いをした。

何気ない仕草の一つひとつに、いちいち感動してしまう。

私……今、本当に優吾くんと電話しているんだ。

スマホから聞こえてくる声に感激したのは初めてだった。

好きな人と電話をするのって、こんなに気持ちが高揚するものなんだ。

心はスッカリ高校生に戻っていた。

「あ、あの……それで、私に話したいことって？」

勇気を振り絞って尋ねた。

すると優吾くんは、《ああ》とつぶやいたあと、淡々と話し始めた。

《まだ、いつごろ部活が再開できるかはわからないけど。もしも部活が再開できたら、先輩たちと紅白試合ができたらいいなーと思ってさ》

「先輩たちと紅白試合を？」

《そう。先輩対後輩みたいな感じでさ。……もちろん、そんなことで先輩たちの悔しさを晴らせるとは思わないけど。でも、俺が先輩たちの立場だったら、やっぱり最後に試合がしたいって思うだろうし》

その提案には、優吾くんの先輩たちを気遣う思いやりがあふれていた。

スタメンに選ばれていた優吾くんだって、悔しい思いをしているはずなのに。

《顧問の田岡先生に相談する前に、滝瀬の意見を聞いてみたいなと思ってたんだ。先輩たちからすれば、余計なお世話だって思うこともあるかもしれないしさ》

そこまで言うと優吾くんは押し黙った。

私は胸元で拳を握りしめると、小さく息を吐いて瞼を閉じた。

一度目のときには当然、こんな相談を優吾くんに持ちかけられたことはなかった。

先輩たちとの紅白試合もやらなかった。

誰も、〝やろう〟と言い出さなかったから。

「私は、大賛成だよ。先輩たちだって、このまま引退じゃ不完全燃焼に決まってるし」

《……滝瀬？》

思わず身を乗り出して答えていた。

また、私の目の前で未来が変わろうとしている。

そう思うとさらに気持ちが高揚して、じっとしていられなかった。

「優吾くんの言うとおり、紅白試合をしたからといって先輩たちの無念を晴らせるわけではないと思う。余計なお世話だって思う先輩もいるかもしれないけど、このまま終わりたくないって思ってるのは間違いないよ。だから私たちはお世話になった先輩のために、できる限りのことをしてあげたいよね！」

息継《いきつ》ぎも忘れて言い切った私は、興奮を落ち着かせるように一度だけ深呼吸をした。

するとまた、電話の向こうで優吾くんが小さく笑った気配がした。

ハッとした私は、慌てて「早口になっちゃってごめんね」と謝った。

《なんで謝るんだよ。滝瀬、なにも変なこと言ってないじゃん。っていうか……俺、

滝瀬ならきっと賛成してくれるだろうって思ってたし》
「え?」
《あー。俺、話を聞いてほしいとか言って、滝瀬に背中を押してもらいたかったんだな。今気づいたわ》
そう言うと優吾くんは、今度は気配だけでなく、声をこぼして笑った。
《ハハッ。滝瀬、ありがとな。明日の朝、田岡先生に電話して紅白試合のこと言ってみるよ》
不思議と、優吾くんの声が明るくなったように感じられた。
明るくなったというよりも、吹《ふ》っ切れたといったほうが正しいかもしれない。
私はなぜだか泣きそうになって、膝の上でギュッと拳を握りしめた。
「……よかった」
《え?》
「優吾くんが、笑ってくれて。ずっと不安だったんだ。だから今、声が聞けて、すごくホッとした。今日は電話してくれて、どうもありがとう」
気がつくと、目に滲んだ涙をぬぐいながらほほ笑んでいた。
電話でよかった。優吾くんには、泣いているところを見られなくて済む。

優吾くんのおかげで、二度目のコロナ禍に入って落ちかけていた気持ちが浮上《ふじょう》した。

私は、自分がつらいときですら周りを気遣える優しさを持っている優吾くんのことが、やっぱりどうしようもなく好きだと思った。

「優吾くん？」

ところが電話の向こうの優吾くんは、私の言葉を聞いて黙ってしまった。

もしかして、スマホの調子が悪くて声が届いていないのかな？

そう考えた私は、思わず画面を確認した。

「もしもし、優吾くん？　もしかして、声が聞こえなくなってる？」

《……いや、聞こえてるよ》

「あっ、よかった。聞こえてたんだ」

《うん。ちゃんと……全部、聞こえてる。聞こえてた》

だけど優吾くんはそう言うと、また黙り込んでしまった。

微妙な沈黙が続くと、なんとなく気まずくなってしまう。

電話はしていたいけど、なにを話したらいいかわからない。

気がつけば時刻は二十二時を回っていた。

さすがに迷惑だろうし、そろそろ電話を切ったほうがいいのかもしれない。

「あの、優吾くん――」
《滝瀬、俺――》
と、思いきって口を開いたら、今度はタイミング悪く声が重なってしまった。
「あっ、ゆ、優吾くんからどうぞ」
《いや、滝瀬は？　なに話そうとしたんだよ》
「私は……そろそろ優吾くんに迷惑だろうから、電話を切ったほうがいいのかなって言おうとしただけだよ」
《は？　俺から電話してるのに、迷惑とか思うわけないだろ》
少しだけ語気を強めた優吾くんは、やや間を空けてから咳払いをした。
迷惑じゃないと言われて嬉しい気持ちと、なんと返事をすればいいのだろうという戸惑いが心の中で混ざり合う。
《っていうか、滝瀬は元気だったのか？》
「えっ⁉」
《だから。元気だったのかって聞いてるんだけど》
迷っているうちに、優吾くんが質問してくれた。
ホッとした私は、いつの間にかカラカラに乾《かわ》いていた唇を開いて、また膝の上で握りしめた手に力を込めた。

「わ、私は、いつもどおりだよ」

《へぇ。それならいいけどさ。滝瀬って、いつも周りの心配ばっかりしてるイメージだから。マネージャーらしいっていえばそうなのかもしれないけど、滝瀬自身はどうなんだって、前から気になってたんだよ》

思いがけない質問に、私はまた口ごもってしまった。

私自身はどうなのか。元気なの？

考えてみたらタイムスリップしてきてから今日まで、そんなふうに自分を振り返ったことはなかった。

二度目の高校生活を過ごすことに必死で……。

どうすれば優吾くんが自死する未来を変えられるのかと、特にここ最近は、そればかりを考えていた。

《滝瀬は、たまにはちゃんと自分のことも労ってやれよ。滝瀬がいなくなったら、俺は――っていうか、男バスの部員全員が困るからさ》

そこまで言うと、優吾くんはまた黙り込んでしまった。

胸が熱くなった私は、スマホを持っている手にも力を込めた。

「心配してくれて、ありがとう。本音を言えば私も、不安に思うことはたくさんあるし、いろいろ心配になることもあるけど……。それでも今はまだ、今の自分にできることをしようって思えてるから大丈夫だよ」

《ほんとか？》

「うん。なにより、今みたいな状態も、一生は続かないってわかってるから。だから私は、大丈夫」

言い切ってから、ほほ笑んだ。

二度目の高校生活を送るようになって約一年、〝不安〟を口に出して誰かに伝えたのは初めてだった。

「優吾くん、話を聞いてくれて本当にどうもありがとう」

《いや、俺はなにも言えてないし。っていうか、今の滝瀬、まるでこの先どうなるのかわかってるみたいな言い方だったな》

優吾くんの鋭い指摘にドキリとした。

だけど不思議と、言い訳をしようとは思わなかった。

《まぁでも、滝瀬の言うとおり、こんな状態、きっと一生は続かないよな》

「うん。そうだよ」

《今は未知のウイルスだっていわれてるけど、そのうち、いろんなことがわかって、コロナにきく薬とかも見つかるかもだし。きっと、それまでの辛抱《しんぼう》だよな》

「うん……うん。私も、そう思うよ。いつかまた、当たり前の毎日を取り戻せると思う。普通に、学校にも通える日が来るよ」

《……だな》

今度こそ、ひとりでに、涙の雫《しずく》がこぼれ落ちるのを堪《こら》えきれなかった。

今、私が言ったことは嘘ではないけれど、本当のことでもない。

なぜなら一度目のときには、私たちが高校を卒業するまでには、日常は完全には取り戻せなかった。

私がタイムスリップする前の二〇二三年八月でも、マスクは日常から完全に消えてはいない。

コロナによる影響《えいきょう》も、そこかしこに残っていた。

それでも少しずつだけど、人々は前向きに動き出した。

コロナ禍を経て学んだことを活かしながら、私たちは精いっぱい生き続けるのだ。

《でもさ、不思議だよな》

「え？」

《だって、コロナで休校になってなければ、俺らは今、こうやって電話することもなかっただろ》
と、不意にそう言った優吾くんは、電話の向こうでまた小さく咳払いをした。
《だからまぁ不謹慎だけど、こうなって悪いことばかりでもないのかなって、滝瀬と話して思えたよ》
その言葉に、私のほうこそハッとさせられた。
コロナ禍に入って、みんな自分たちの生活を見つめ直した。
私は、コロナは私たちから大切なものを奪っていくばかりだと思っていたけれど、本当は……それだけではなかったのかもしれない。
《じゃあ、そろそろ電話も終わるか。滝瀬、もう寝るだろ？》
「う、うん。もう、遅い時間だもんね」
《だな。じゃあ、俺も寝るわ。おやすみ》
「は、はいっ。おやすみなさい」
思いのほか、電話はあっけなく終わってしまった。
通話終了のマークが表示されている優吾くんとのトーク画面を見つめた私は、しばらくして仰向けでベッドに倒れた。

夢のような時間だった。

緊張から解放されたはずなのに、心拍数は上がったままだ。

「あれ、そういえば……」

と、夢見心地で優吾くんからのメッセージを読み返していた私は、あることに気がついた。

優吾くんは私からのメッセージに対して、【滝瀬だって言われなくても、名前見たらわかるけど】と返信してくれたけれど……。

私のメッセージアプリの名前は、【R＊T】になっている。

だから、メッセージアプリの名前を見ただけでは、すぐに私だとはわからないのでは？と、思ったのだ。

「あっ、でも、そっか。プロフィール画像が智恵理とのツーショだもんね」

自問自答して納得した私は、今度こそスマホを閉じた。

そしてスマホをそっと胸に抱き寄せて、瞼を下ろした。

——おやすみ。

耳の奥《おく》で、告げられたばかりの言葉がこだまする。

コロナ禍になってから、こんなにも幸せな気持ちで眠《ねむ》りにつくのは初めてだった。

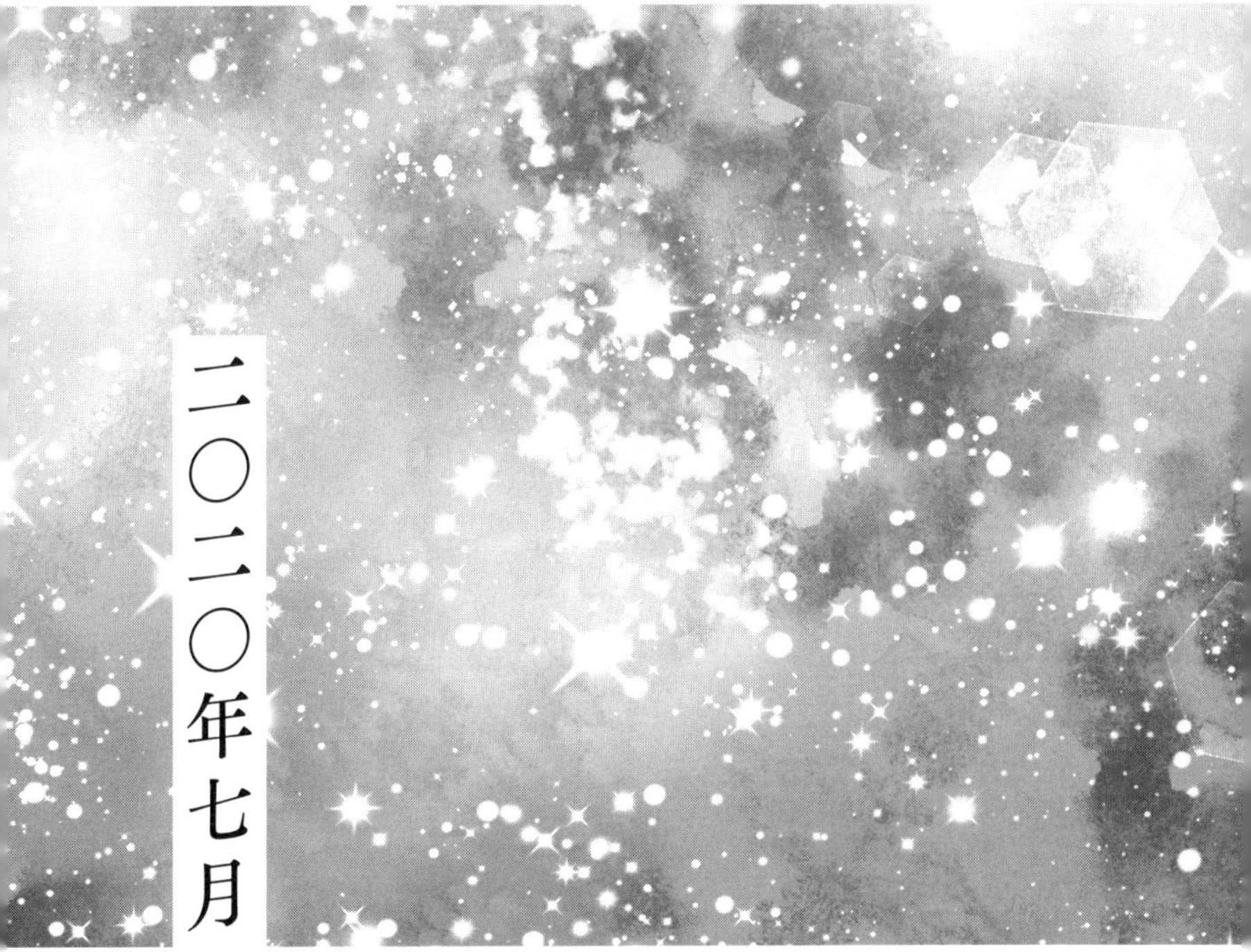

二〇二〇年七月

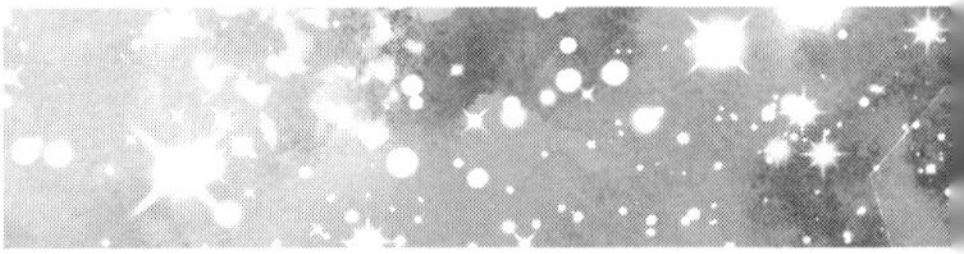

See us at that day linking our wishes.
by Lin Koharu

「今日は、みんなに大切なお知らせがあります」

五月に入ると休校が明けて学校は再開したものの、私たちの日常は一変した。

学校では常にマスクをつけることになり、会話も距離を保ってソーシャルディスタンスで、三密を避けるようにとも指導された。

お昼ご飯も、ひとりで前を向きながらの黙食《もくしょく》を義務づけられた。

毎年六月に行われていた体育祭は中止。

合唱コンクールも中止、その他も行事と呼べるものはすべて中止。中止、中止に次ぐ中止――。

そして肝心《かんじん》の部活動についても停止や、日数を減らしての活動を余儀なくされた。

特にバスケ部は体育館内での活動となるため、同じように体育館を使用するバレー部やバドミントン部など、他の部活との入れ替え制が導入され、曜日指定での活動を指示された。

「えー、協議の結果、修学旅行の中止が決定したので、それについてのプリントを配布します」

そんなコロナ禍にも、みんなが少しずつ慣れ始めた二〇二〇年七月の某日《ぼうじつ》。

私たちは夏休みを目前に、担任の山田《やまだ》先生から修学旅行の中止を知らされた。

前から順番に回ってくるプリントを、クラスメイトたちはただ黙って受け取ると、それぞれ無言で眺めている。

「非常に残念だが、こんなご時世だ。みんなの身の安全を第一に考えた結果だと納得してほしい」

山田先生はそう言うと眉を顰《ひそ》めた。

マスクをつけているせいでハッキリと表情は読み取れないものの、担任として生徒たちに修学旅行をさせてあげられず、悔しい気持ちはあるだろう。

クラスメイトたちは山田先生の気持ちまでは推し量れていないかもしれない。

けれど今の状況で、修学旅行の中止に異議を唱える子はいなかった。

むしろ、こうなることはわかっていた。仕方がないと諦めているようにも思える。

一度目のときの私が、そうだったように……。

このころの私たちは、日常を奪われることが当たり前になりつつあった。


「六花、ミーティング行こう～」

その日の放課後、私は智恵理とともに教室を出た。

今日、男バスはミーティングのために、視聴覚室《しちょうかくしつ》に集まるように言われているのだ。

「修学旅行は残念だけど、仕方ないよね。泣いてる子もいたけどさ……。コロナになったら怖いし、今、修学旅行できても楽しめないもんね」

視聴覚室に向かう途中、マスクの中で智恵理がため息をこぼした。

私も思わず視線を下に落とすと、「そうだね」とマスクの中でつぶやいた。

「今年は男バスの夏合宿も中止だし、なーんかもう、モチベが上がらないわ」

智恵理が今言ったとおり、毎年恒例だった男バスの夏合宿についても、顧問の田岡先生から中止に決まったことが伝えられていた。

「私たちって、今、なんのために部活してるんだろうね。ぶっちゃけ、この先の大会だって中止になる可能性もあるわけだし。頑張っても意味ある?とか、考えちゃうよ」

「それは――……」

一瞬、マイナスな発言ばかりする智恵理を咎《とが》めるべきか迷った。

だけど、智恵理がネガティブになる気持ちもよくわかるから、私はなにも言わずに口をつぐんだ。

実際、私も一度目の今ごろは、智恵理の意見に同意していた。

先が見えない不安と、思うように活動できないもどかしさに苛立ちを募らせて……。

つい投げやりな気持ちになって、ネガティブなことばかり口にしていた。

「結局、先輩たちとも紅白試合はできなかったもんね」

思わずぽつりとつぶやくと、智恵理も「そうだね」と下を向きながら頷いた。

――四月末、優吾くんから電話で先輩たちとの紅白試合を提案された私は、大賛成して背中を押した。

一度目のときには紅白試合なんてやらなかった。だからまた、未来がいい方向に変わるのではないかと期待に胸を膨《ふく》らませた。

だけど結局、一度目の結果をなぞるように、紅白試合は実現しなかった。

顧問の田岡先生の同意が得られなかったのだ。

『お前たちの気持ちはわかるが、今は我慢《がまん》のときだから仕方ない』

我慢、我慢、我慢――……今は、我慢のときだから仕方ない。

部活動をする人数が増えれば、そのぶん感染のリスクも上がる。

まだコロナにかかること自体がめずらしいコロナ禍初期で、先生たちも保護者や地域住民から非難されるようなことは避けたいと考えていたのだと思う。

そういった学校の決断を、保守的すぎると非難する人も世の中にはいるだろう。

けれど先生たちだって、私たちのことを思って苦渋《くじゅう》の決断をしているのだ。

なにより、そういった先生たちの配慮《はいりょ》に感謝している生徒や保護者が多くいるのも事実だった。

「もう……なにが正解なのか、わからないね」

智恵理が小さな声でつぶやいた。

私は今度こそ力強く頷くと、カバンを持つ手に力を込めた。

目標にしていたインターハイにも出られず、三年生は涙をのんで引退した。

そして新チームとして始動するはずだった男バスのみんなも、思うような活動ができずにフラストレーションを溜《た》めている。

「優吾くんも、小船先輩からキャプテンに指名されたとき、複雑そうな顔してたもんね」

「そうだね。でも、優吾くんは……」

と、私はまた、言いかけた言葉を止めた。

優吾くんは新チームに替わる際、前キャプテンだった小船先輩から新キャプテンになるよう指名されたのだ。

「六花、でも優吾くんは……なに？」

「う、ううん。なんでもない」

慌てて首を振って誤魔化した私は、曖昧な笑みを浮かべた。

実はタイムスリップ前の高校生活では、優吾くんは新チームのキャプテンではなかったのだ。

大夢くんが小船先輩から新チームのキャプテンに指名されるはずだった。

でも、二度目の今回は、なぜか優吾くんがキャプテンになった。

もう何度目かもわからないけれど、未来は変わるのだということを実感させられた瞬間だった。

間違った使い方かもしれないけれど、不幸中の幸いだ。

私は、このことがあったから、どんなにネガティブな状況や気持ちになっても、まだ優吾くんが自死する未来を変えられる可能性はあるという望みを持つことができている。

「とにかく、私たちはマネージャーとして、選手のみんなのメンタルケアを考えよう」

話を無理やりまとめた私は、視聴覚室のドアを開けた。

すると次の瞬間、

「夏休み中、体育館がほとんど使えないってどういうことですか⁉」

怒りに満ちた叫び声が耳に届いて、思わずビクリと肩が揺れた。

ハッとして声のしたほうへと目を向けると、顧問の田岡先生に食ってかかる優吾くんの姿があった。

「先生は顧問なのに、俺たちに練習をするなって言いたいんですか⁉」

「高槻、落ち着きなさい。今言ったとおりで、体育館を使用する部活に入っている子を持つ親御《おやご》さんたち数名から、不安の声が寄せられたんだ」

続けられた田岡先生の話はこうだ。

真夏の蒸し暑い体育館で、マスクもろくに外せないような環境《かんきょう》で部活動をするのは熱中症《ねっちゅうしょう》の危険が伴《ともな》う。

さらに諸々の状況を鑑みて、この夏休みに部活をするのは危ないのではないかという保護者からの意見が多数届いているということだった。

「俺だってこんな話はしたくなかったし、お前たちには申し訳ないと思っている」

田岡先生は、激高している優吾くんを冷静になだめていた。

対する優吾くんは先生の説得を聞きながら、太ももの横で握りしめた拳を震わせていた。

「キャプテンであるお前の悔しさもよくわかる。だが、これは男バスに限った話じゃない。バレー部や、その他の体育館で行われる部活動全体で話し合った結果、夏休みは週に一度の活動に制限されることが決定したんだ」

さらにいえばその活動時間も、午前中だけと決められた。

それは一度目のときと同じ、学校の決定だった。

「納得できません！　そんなんじゃ、新チームがいつまで経っても強くならないじゃないですか！」

再び優吾くんは抗議《こうぎ》したけれど、田岡先生は受け入れなかった。

「キャプテンであるお前の気持ちはよくわかる。だが、今は世の中がこんな状況だ。悔しいけど、仕方がないことなんだよ」

仕方がないこと。そう、全部コロナのせいで、仕方がないことなんだ。

バカな私は、このときようやく思い出した。

今日のミーティングは、先に顧問の田岡先生から夏休みの部活動について知らされていたキャプテンが、みんなにそれを代表して伝えることが目的だったということを。

『みんなの悔しい気持ちは、俺もわかってるつもりだよ。でも、今はこんな状況だし、つらい思いをしているのは俺たちだけじゃないから仕方ない』

一度目のときには、キャプテンだった大夢くんが悔しげな顔をしながらそう言って、みんなを納得させた。

だけど二度目の今回は、キャプテンに選ばれたのは大夢くんではなく優吾くんだ。

当然、田岡先生からの話を部員のみんなに伝えるのは優吾くんの役目である。

「おつかれさまですー！」

そのとき、また視聴覚室の扉が開いて、部員たちがゾロゾロと中に入ってきた。

時間を確認すると、ミーティングが始まる予定の十分前だった。

みんなは田岡先生と向き合っている優吾くんを見るなり、不思議そうに首を傾げた。

と、次の瞬間、優吾くんが田岡先生に背を向けた。

「あ……ゆ、優吾くんっ」

そして優吾くんはそのままなにも言わずに、視聴覚室を出ていってしまった。

「え？　キャプテン、どうしたんすか？」

「高槻、なにかあったの？」

優吾くんが突然出ていってしまったせいで、部員たちがざわめき立った。

私は、ついうろたえてしまったのだけれど、

「六花！　とりあえず私が他のことで時間を稼《かせ》いでおくから、六花は優吾くんを追いかけな！」

そう言って背中を叩いてくれた智恵理の言葉で我に返った。

「ち、智恵理……」

「私たちマネージャーは、今は部員のメンタルケアをするべきなんでしょ。だから優吾くんのケアは六花に任せた。ほら、早く行きなよ！」

もう一度背中を押された私は、智恵理にお礼を言うと持っていたカバンを預け、優吾くんを追いかけて視聴覚室を飛び出した。

「優吾くん！」

階段を駆け上がっていく優吾くんの後ろ姿を見つけた私は、マスクに息苦しさを感じながら廊下を走った。

そして——誰もいなくなった教室に入った優吾くんに追いついた。

コロナ前は、放課後の教室には残っておしゃべりを楽しむ子たちが必ずいたのに、今は感染を避けるために、誰ひとり残らず帰っていく。

「優吾くん、あの……」

窓のほうを向いている優吾くんの顔は見えない。

私は恐る恐る声をかけたものの、続く言葉が出てこなかった。

そのまましばらく優吾くんの背中を眺めていたら、ある考えが脳裏をよぎった。

——私は、間違えていたのかもしれない。

優吾くんが新チームのキャプテンに選ばれたことを肯定的《こうていてき》に捉《とら》えていたけれど、未来が変わることは必ずしもいい結果に繋がるとは限らない。

バスケに対して誰よりも熱い想いを持っている優吾くんは、誰よりも今の状況に腹が立っていて、フラストレーションを溜めていたのだ。

「優吾くん、私、あの……ごめんなさい」

気がつくと優吾くんの背中に向かって謝っていた。

私がタイムスリップしてきて未来を微妙に変えてしまったせいで、優吾くんに余計な心労をかけるはめになったと思ったからだ。

これでまた、優吾くんが自死する未来に近づいてしまったらどうしよう。

考えたら不安になって、私は今度こそなにも言えなくなってしまった。

心臓の音だけがドクドクと、不穏に高鳴り続けている。

「なぁ、滝瀬」

と、不意に優吾くんが口を開いた。

「な、なに？」

俯きかけた顔を上げた私は、再び優吾くんの背中を見つめた。

「今、この状況も、〝今を楽しんだ者勝ち〟だと思うか？」

「え……」

「悪いけど、俺は……とてもじゃないけど、こんな状態の今を楽しめそうにない」

今にも消え入りそうな声で、優吾くんがつぶやいた。

次の瞬間、感染対策のために開け放たれた窓の向こうで雷《かみなり》が光り、真っ黒な空から雨が落ちてきた。

「なぁ。滝瀬は、こんな状況でも楽しめるのか？　どうやったら、楽しめるんだよ！」

私に背を向けたまま、優吾くんが叫んだ。

大きな声に驚いて私は肩を竦めたあと、じわじわと目の奥から込み上げてくる涙を必死に堪えた。

今、私が泣いたら余計に優吾くんを追い詰めることになる。

だから泣くまいと必死に呼吸を整えたけど、マスクをしているせいで苦しくて、思うようにはいかなかった。

悔しい。悔しくて、たまらない。

やっぱりコロナは、私たちから大切なものを奪っていくんだ。

謳歌《おうか》できるはずだった青春を取り上げられて、〝今はこんな状況だし仕方がない〟なんて言われても、納得できるはずがない。

我慢、我慢、我慢――……今は、我慢のときだから仕方ない。

ふざけるな。みんな、優吾くんのように叫び出したい気持ちを必死に押し殺しているだけだ。

みんな、私たちの大切な日々を――もう二度と戻らない日々を取り上げないでと、叫びたいのを必死に堪えている。

「……ごめん」

雨音の合間を縫《ぬ》って、優吾くんの小さな声が耳に届いた。

「今のは、完全に八つ当たりだった。新チームのキャプテンになったんだから、俺が一番しっかりしなきゃいけないのに、滝瀬に甘えるようなことをして本当にごめん」

そう言うと、優吾くんがゆっくりと振り返った。

黒いマスクをしている優吾くんの表情はハッキリとは読み取れないけれど、目が少し潤《うる》んでいることだけはすぐにわかった。

「俺がチームを引っ張っていくべきなんだから、弱音なんて吐いてる場合じゃないのにな」

——嫌な予感がした。

私は優吾くんがキャプテンに選ばれたことで、〃まだ優吾くんが自死する未来を変えられる可能性はある〃という望みを持てていた。

でも、もしかして、さらに悪い方向へと進む可能性もあるのではないだろうか。

悪い方向とはもちろん、優吾くんの死期が早まる可能性のことだ。

だって、もしも優吾くんがキャプテンの状況で、あの事件が起きたとしたら？

優吾くんがコロナになったせいで来年のインターハイ予選の出場を辞退することになったら……。

優吾くんは一度目のとき以上に自分を責めて、苦しむことになるだろう。

「つらい思いをしてるのは、俺らだけじゃないもんな。俺らにはまだ、来年のインターハイで勝ち進むっていう目標と望みが残されてるんだから、こうやって悩んでること自体が贅沢《ぜいたく》なのかもな」

ドクン！と心臓が大きく跳ねた。

私はマスクの下で思いっきり息を吸うと、逸《はや》る気持ちを抑《おさ》えられずに口を開いた。

「優吾くん、あのね——！」

「おい、優吾っ！　こんなところにいたのかよ！」

ところが言いかけた言葉は、優吾くんを探しにやってきた大夢くんに止められてしまった。

反射的に振り返った私は、ドクドクと高鳴り続ける胸の前で手を握りしめた。

「っていうか、六花ちゃんもここにいたんだ。ほら、ミーティング始まるぞ！　ふたりとも、視聴覚室に戻ろうよ」

大夢くんに呼ばれた優吾くんは、ゆっくりと歩き出した。

「キャプテン、しっかりしてくれよな！」

隣に並んだ優吾くんの背中を、大夢くんが叱咤《しった》するように強く叩いた。

対する優吾くんは、「おう」と短く返事をして背筋を伸ばした。

私の目に映る優吾くんの後ろ姿が、いつもよりも小さく見えた。

結局私は、落ち込む優吾くんになにも言うことができなかった。

そもそも大夢くんが来なかったら、私はなにを言おうとしてた？

まさか、私がタイムスリップしてきたことや、優吾くんが自死する未来のこと、洗いざらい話してしまおうとしていたの？

「六花ちゃん、行くよ！」

大夢くんに呼ばれた私はハッとして、知らぬ間に俯いていた顔を上げた。

すると、こちらを振り返った優吾くんと目が合って、また涙が込み上げた。

——言えない。言えるはずがない。

伝えたら、今以上に優吾くんを苦しめることになるかもしれないのに……。

〝優吾くんには、これから大変なことが起こるよ〟なんて、言えるわけがなかった。

もちろん、伝えたことで注意喚起《かんき》になって、優吾くんが自死する原因かもしれない
コロナ感染を防げる可能性はある。

でも、もしも優吾くんが自死した本当の理由がそれじゃなかったら？

優吾くんをただ不安にさせるだけで、さらに優吾くんを追い詰める結果になるかもしれない。

そもそも、タイムスリップしてきましたなんて伝えたところで、頭のおかしいやつだと思われて終わりだろう。

なにが、『マネージャーとして、選手のみんなのメンタルケアを考えよう』だ。

結局、私はなにも優吾くんの救いになれていない。

「力になれなくて、ごめんなさい……」

言葉はマスクに止められて、誰にも届かなかった。

それでも歩き続けるしかない私は、重い足取りで前を行く背中を追いかけた。

二〇二〇年十二月

See us at that day linking our wishes.
by Lin Koharu

《なんかさぁ、今年はもうクリスマスって感じじゃないよね》

二〇二〇年十二月二十五日。コロナ禍になって初めてのクリスマス。

学校も冬休みに入り、彼氏《かれし》がいない私と智恵理の長電話は捗《はかど》っていた。

今日も、気がつけば十四時から一時間も話している。

お母さんには昨日、『よくそんなに話すことがあるわね』なんて呆れられたけど。

多くのことが制限されている今は、こうした何気ない時間が大切で、かけがえのないものになっていた。

「普通ならイルミネーションとかイベントが開催されてるはずだけど、コロナのせいで完全に自粛ムードだもんね」

《そうそう。推しのライブも今年はやらないし～》

「智恵理の家は、今日の夜はクリスマスパーティーとかするの？」

《しないしない！　うちはお父さんがテレワークできない仕事だから、お母さんがいつもピリピリしてるしさ。お兄ちゃんも彼女《かのじょ》にフラれて引きこもってるし、なんかもう最悪って感じだよ》

電話の向こうでため息をついた智恵理につられて、私も思わず短い息を吐いた。

《っていうか、今は家族とでもクリスマスパーティーしました～なんて気軽に言えな

いじゃん。誰かに知られたら不謹慎だって言われて、変な噂とか流されるかもだし》

その言葉を聞いて思い出したのは、冬休みに入る少し前に学校内で起きた出来事だった。

生徒の中に初のコロナ感染者が出て、犯人探しが起こったのだ。

結果としてコロナになった子は陽性になった数日前に、県外の親戚《しんせき》の家に遊びに行ったのをミンスタに投稿していたのが発覚して、いろいろと嫌なことを言われていた。

その他にも大人数の会食をした有名人がネットで叩かれたり、SNSで晒《さら》されたり。

コロナ禍特有の新たな恐怖《きょうふ》もつきまとうようになって、私たちは日々の過ごし方や振る舞《ま》いを考えさせられるようになった。

《ほーんと、こんな生活、いったいいつまで続くんだろう》

智恵理が、ため息ばかりつきたくなる気持ちもわかる。

コロナが確認されてから、そろそろ一年。

私たちの生活は、窮屈《きゅうくつ》を極めていた。

学校生活に限っていえば、毎年秋にやっていた海凪祭は中止になった。

世界では感染者数が爆発的《ばくはつてき》に増え、死者の数も連日増え続けているので当然といえば当然だろう。

その中でワクチンへの期待が高まり、来年の頭には供給されるのでは——という新たな動きが出てきているのは、一度目のときとまったく同じ流れだった。

品薄《しなうす》で手に入らなかったマスクは、買えるようになった。

半面、第一波、第二波に次ぐ第三波が懸念《けねん》され、医療崩壊《いりょうほうかい》といった言葉をメディアやSNSで目にすることも増えていた。

《早く、普通に出かけられるようになりたいなぁ》

「でも、長時間は無理だけど、買い物とかには出かけられるようになったよね」

《まぁね〜。部活も、少しずつ活動日数が増えたり、活動内容を変えてできるようにはなったしね》

私たちを取り巻く環境は、コロナで大きく変わってしまった。

けれど多くのことが制限され、不安がぬぐえない日々の中でも、私たちは懸命に今できることを模索《もさく》し続けているのだ。

たった今、智恵理が言ったとおりで、男バスについても体育館が使えない日は外周を走ったり、体力づくりやミーティングをして過ごしていた。

工夫して、どうすれば練習不足を補えるかを部員みんなで考えた。

それは海凪高校に限らず、どこの学校でもそうやって考えて工夫して、今の苦境を乗り越えようとしている。

「冬休みを楽しもうって感じでもないけど、お互い、コロナにならないように気をつけようね」

私がそう言うと、智恵理も《そうだね、お互いに気をつけよう》と答えてくれる。

最近の私たちは、〝コロナに気をつけよう〟が合言葉になっていた。

「はぁ……」

そうして一時間の通話を終えた私は、スマホを持ったままベッドの上に寝転んだ。

静かな部屋にひとりでいると、考えることはひとつだ。

身体を横に向けた私はスマホを操作して、メッセージアプリを開いた状態でスクロールした。

指が止まったのは、優吾くんのアイコンの上だった。

恐る恐るトーク画面を開いてみると、数ヶ月前にやり取りしたメッセージの内容が表示された。

「もう、あれから半年近く経つんだ」

優吾くんと最後にメッセージのやり取りをしたのは、一学期の終わりごろ。

優吾くんが田岡先生と揉めた少し前に、部活の持ち物のことで連絡を取り合ったのが最後だった。

再びため息をついた私はホームボタンを押すと、手にしていたスマホをベッドに伏せて置いた。

あの一件以来、優吾くんと個人的に連絡を取ることはなくなってしまった。

連絡だけじゃない。

まるでタイムスリップしてくる前のように、学校内や部活中でも、必要最低限の会話しかしなくなった。

「優吾くん、今ごろなにしてるんだろう」

ぼやいたあと、またため息をこぼしてしまう。

一度目のときは会話がないのが当たり前だったから、話せないことをここまで苦痛に感じたことがなかった。

距離が近づいた二度目だからこそ、贅沢なことを考えてしまうんだ。

本当は、自分からメッセージだって送りたい。

だけど未来が変わると、優吾くんにとっては悪影響になることもあるとわかった以上は、慎重《しんちょう》にならざるを得なかった。

「私は結局、優吾くんのためになにもできていないよね」

つぶやきながら、真っ白な天井に向かって手を伸ばした。

これまで私は、優吾くんが自死する未来を変えるための糸口を見つけようと必死だった。

だけど結局、今日まで糸口らしきものは見つけられず、時間だけが過ぎていった。

私には、もう無理なのかもしれない。

今は弱音を吐かないようにするだけで精いっぱいだ。

初恋の人を助けたい、救いたい。

その考え自体が私のエゴで、優吾くんはそんなことは、ちっとも望んでいないのかもしれない。

「六花～。ちょっと、牛乳を買ってきてくれない？」

そのとき、廊下からお母さんに呼びかけられた。

我に返った私は身体を起こすと、ベッドから下りて、閉じていた部屋の扉を開けた。

「なんで牛乳が必要なの？」

「今晩、シチューにしようと思ったんだけど、牛乳が切れてたのよ。いつものスーパーに行って、買ってきてちょうだい」

これ以上家にこもっていても、余計なことばかり考えてしまう。

そう思った私は、お母さんからお金を受け取ると、早々に家を出た。

そして近所のスーパーで頼まれた牛乳を買い、冬の寒さに負けないようにマフラーを巻き直すと乗ってきた自転車に跨《また》がった。

時刻は、十五時半を回ろうとしている。あと一時間半もすれば、あたりは夜の闇に包まれることだろう。

――会いたい。

茜色《あかねいろ》に染まりかけた空を見ていたら、不意に、そんなことを思った。

誰に会いたいかなんて、名前を思い浮かべる必要もないくらい、私は彼に焦《こ》がれていた。

「……冬だし、牛乳が腐《くさ》ることはないよね」

そうして言い訳じみたことを口にした私は、感情の赴《おもむ》くままに家とは逆方向に向かって自転車を漕《こ》ぎだした。

冬の自転車は、なかなかつらい。

でも、マスクをしているおかげか、顔の冷えだけは多少はマシに感じられた。

「ついた……」

そのまま十分ほど自転車を漕ぎ続けた私は、〝海凪公園〟に到着《とうちゃく》した。

子供のころは両親とよく遊びに来ていた場所だ。高校生になってから来るのは初めてだった。

「たしかバスケットゴールがあるのは、あっちだよね」

駐輪場《ちゅうりんじょう》に自転車を停めた私は、牛乳が入った袋を持って公園内を歩き始めた。

そして目的地であるバスケットコートまで来ると足を止めた。

――一瞬、夢でも見ているのかと思った。

「優吾、くん」

視線の先にはバスケットボールを持つ優吾くんの姿があって、思わず息をのんだ。

黒いマスクに黒いトレーナー、ハーフパンツ姿の優吾くんは、ひとりで黙々とシュート練習をしていた。

そのときだ。不意に優吾くんがこちらを向いた。

優吾くんは私を見るなり驚いた様子で目を見開くと、固まってしまった。

ど、どうしよう。

まさか、優吾くんがここにいるとは思わなかった――…なんて、嘘だ。

『俺、よく、海凪公園で自主練してるんだけどさ』

それは、もうずっと前に優吾くんから聞いた言葉。

スーパーを出て、不意にそのことを思い出した私は、もしかしたら優吾くんに会えるかもしれないという期待を抱いて、ここまで来た。

「滝瀬、なんでこんなところにいるんだよ？」

それでも、まさか本当に会えるとは思わなかった。

優吾くんに会えた喜びと、なんて言い訳をすればこの場を乗り切れるだろうという葛藤《かっとう》が心の中でせめぎ合う。

「ああ。もしかして、買い物の帰り？」

私が下げている牛乳が入った袋を見た優吾くんが、思いがけず助け船《ぶね》を出してくれた。

「そ、そうなの。お母さんにお使いを頼まれて……。帰りに、ちょっと遠回りがしたくなったから、なんとなくここに来た感じ」

視線を泳がせながら答えたら、「ふーん」という微妙な相槌を返された。

さすがに、偶然にしてはできすぎていると思われたのかもしれない。

実際、やっていることはストーカーと同じだ。

いたたまれなくなった私は、目をそらして俯いた。

……帰ろう。

「練習の邪魔をしちゃってごめんね。私、もう帰るね」

完全に逃げ腰《ごし》になった私は回れ右をした。

だけど、そんな私を優吾くんは、

「なぁ！　もしも時間あるなら、少しだけでも練習に付き合ってくれない？」

そう言って引き留めた。

「練習に、付き合う？」

すぐにもう一度回れ右をした私は、戸惑いながら優吾くんを見つめた。

すると優吾くんはバスケットボールを人差し指の上で器用に回して、悩ましげに首を傾げた。

「いや……ほら。ひとりでできることって、限られてるからさ。できれば前みたいに、パスを出してくれたら助かるんだけど」

思わずドキリとしたのは、以前、優吾くんの自主練習に付き合ったときのことを思い出したからだ。

あれがきっかけで、呼び方が、高槻くんから優吾くんに変わった。

たぶん、そんなこと、優吾くんは覚えていないだろうけれど。

「私でよければ……」

緊張と期待で弾む鼓動の音を聞きながら、私はバスケットコートに入った。

そして牛乳が入った袋と肩にかけていたカバンをベンチに置いて、優吾くんのそばまで歩を進めた。

「サンキュ、マジで助かる」

そう言うと優吾くんは私にボールを差し出した。

ひんやりと冷えたボールには優吾くんの手のぬくもりが少しだけ残っていて、まるで手を重ね合ったみたいだ。

「滝瀬?」

「あ……。ボーッとしちゃってごめん」

ハッとした私は、とっさにボールを抱きしめた。

対する優吾くんは、挙動不審《きょどうふしん》な私を不思議そうに眺めている。

「まぁ、滝瀬がボーッとしてるのは、いつものことだな」

眩しそうに目を細めた優吾くんが、マスクの下で小さく笑ったのがわかった。

その瞬間、今度は一気に安堵感《あんどかん》が込み上げてきた。

優吾くんは、まだここにいる。ここにいた。

会おうと思えば会えるところにいるのだと思ったら、どうしようもなく泣きたくなった。

「よ、よかった」

「え？」

「ずっと、心配してたから。優吾くんがここにいてくれて、ほんとによかった……」

ボールを抱きかかえた腕に力を込めた私は、こぼれそうになる涙を必死に堪えた。

放課後の教室で優吾くんの心の叫びを聞いて以来、私はずっと不安だったのだ。

優吾くんが、本当にいなくなってしまうんじゃないか。

私はまた、突然、優吾くんの訃報を知らされることになるんじゃないかと……ずっと、不安だった。

「練習、誘ってくれてありがとう。優吾くんはコロナ禍になってからもずっと頑張ってて、本当にすごいと思う。尊敬してる」

今、思ったことを素直に言葉にして伝えた。伝えられた。

すると優吾くんはまた驚いた様子で目を見開いたあと、気まずそうに私から顔を背けた。

「尊敬とか、大げさだろ。っていうか、なんかいろいろ心配かけてごめんな」

「え？」

「だって滝瀬が心配してたのは、俺が前に八つ当たりをしたせいだろ。あのときは、本当に悪かった。そのあとも本当なら普通にしていたかったんだけど、最高にカッコ悪いところを一番見られたくない奴に見られたから、ちょっと気持ちを切り替えるまでに時間がかかった」

そう言うと優吾くんは、マスクの中で長いため息をついた。

対する私は優吾くんが口にした〝一番見られたくない奴〟という部分に引っかかりを覚えて、つい言葉に詰まってしまった。

「滝瀬、あのときはほんとにごめんな」

あらためて私に向き直った優吾くんの表情は、マスクのせいでハッキリとはわからない。

それでも真っすぐな目と声が私に、反省と後悔を訴《うった》えているようだった。

「滝瀬はなにも悪くないのに、あんなこと言われて嫌な気持ちになったよな」

「ち、違うよ！」

「違う？」

「あ……、その……。私が心配してたのは、たしかに優吾くんが言ったとおりでもあるけど、私自身の問題だったり、他のことにも原因があるから」

微妙な解釈《かいしゃく》の違いがあることを、うまく伝えることができない。

タイムスリップのことは話せないし……。

思わずしどろもどろになった私を、優吾くんがまた不思議そうに見ていた。

「とにかく、私は、嫌な気持ちになんてなってないよ。むしろ、今となってはよかったなって思うくらいだし」

「よかった？」

「うん。あのとき、優吾くんが思ってることを言ってくれてよかったたってこと。だって、ひとりで抱え込むよりも、誰かに吐き出すことで気持ちを整理できることもあるだろうし……。だから、私なんかでよければ、いくらでも八つ当たりしてくれていいよ！」

もう、自分でもなにを言っているのかわからなくなった。

それでも真っすぐに優吾くんの目を見て伝えたら、突然、優吾くんが噴き出した。

「ふっ……ハハッ。いくらでも八つ当たりしていいって……滝瀬って、実はバカ？」

「えっ⁉」

「いや、バカじゃなくて、〝バカなくらいお人好し〟が正しいな」

そう言うと、優吾くんはおもむろに手を上げ、私の頭の上にのせた。

そしてその手をポンポンと弾ませたあと、名残惜《なごり》しそうにそっと離した。

私は目を点にして、優吾くんのきれいな瞳を見つめてしまった。

「滝瀬、ありがとう。滝瀬は自覚してないだろうけどさ。俺は、これまで何度も滝瀬の言葉とか行動に勇気をもらってきたよ」

「私の言葉や行動が、優吾くんに勇気を……？」

「ああ。だから滝瀬は、もっと自分に自信を持てよ。滝瀬って、自分で思ってる何倍もすごい奴なんだから、〝私なんか〟とか簡単に言うな」

そこまで言った優吾くんは、再び私の頭を優しく撫《な》でた。

胸が熱くなる。

寒さでかじかんでいたはずの手や耳まで熱くなって、私はマスクで隠された唇を噛みしめた。

「あー。っていうか、話してるうちに、だいぶ日が落ちたな」

気がつくと、あたりは暗くなり始めていた。

あと三十分もすれば、真っ暗になってしまうだろう。

「私が邪魔をしたせいで、練習時間が少なくなっちゃってごめんね」

「だから……今の俺の話、聞いてた？　邪魔じゃないし、練習に付き合ってほしいって言って滝瀬を引き留めたのは俺だろ」

「で、でも……」

「とりあえず滝瀬は、すぐに謝るの禁止な。……まぁでも、自信がないところっていうか、謙虚《けんきょ》なところは滝瀬のいいところでもあるんだろうけどさ」

そこまで言うと優吾くんは私から目をそらしてしまった。

微妙な沈黙が私たちの間に流れる。

「あー……」

しばらくして急に声を漏らした優吾くんが、ガシガシと自分の頭をかいた。

そしてバスケットボールを持って固まっていた私の顔をのぞき込んだ。

「滝瀬、まだすぐに帰らなくても平気だったりする？」

「え？　うん。とりあえずまだ大丈夫だよ」

「そっか。じゃあ……一旦、ボールを持ったままそのベンチに座ってて」

「へ？」

「十分以内に戻ってくるから。寒かったら、俺のジャケット羽織っておいて」

「ジャケット……って、優吾くん、どこ行くの!?」

まくし立てるように言った優吾くんは、戸惑う私をその場に置いて、バスケットコートを出ていってしまった。

ひとり残された私は目を白黒させたあと、優吾くんに言われたとおり、ベンチに腰を下ろした。

優吾くんは、どこに行ったんだろう。

バスケットボールも荷物も置きっぱなしだし、ジャケットも置いていってしまった。

このままじゃ帰ろうにも帰れない。

結局私はおとなしくベンチに座って、優吾くんが戻ってくるのを待った。

「滝瀬っ！」

そうして十分が経とうとしたころ、優吾くんは約束どおり戻ってきた。

黒いマスクの隙間《すきま》から、白い息が漏れている。

走ってきたからか耳の先が赤くなっていた。

「優吾くん、それは？」

「今、すぐそこのコンビニで買ってきた」

そう言うと優吾くんは私の隣に腰を下ろした。

肩と肩が触れ合ってドキリとしたけれど、今は優吾くんがなにを買ってきたのかのほうが気になった。

「こんなんで悪いけど、今回は即席《そくせき》だから勘弁《かんべん》してくれるとありがたい」

白いビニール袋の中から優吾くんが取り出したのは、コンビニで売っているイチゴのショートケーキだった。

丸くて可愛い手のひらサイズのものだ。

有名パティシエ監修《かんしゅう》というシールがついているのも、いかにもコンビニスイーツらしい。

「で、飲み物はこっちな」

続いて優吾くんはハーフパンツのポケットから、ホットミルクティーを取り出した。

そしてそれを私に手渡してくれた。

寒さでかじかんでいた手に、ミルクティーの温かさがじんわり染みる。

「あの、優吾くん、これは……?」

「滝瀬に、クリスマスプレゼント」

「私に、クリスマスプレゼント?」

「ああ。だって今日、クリスマスだろ。マネージャーとして、いつも頑張ってくれてる滝瀬に、俺から……っていうか、チームを代表してキャプテンからマネージャーにプレゼント」

優吾くんは言葉の途中で目をそらすと、ショートケーキが入ったケースの蓋《ふた》を開けてくれた。

そして袋から取り出したフォークを添えて、私の前に差し出した。

「滝瀬、メリークリスマス」

ミルクティーを横に置いた私は、恐る恐る優吾くんの手からショートケーキを受け取った。

真ん中に乗ったイチゴが少しだけ傾いていて、たまらなく愛おしい。

「優吾くん、ありがとう……」

鼻の奥がツンと痛んで、声が掠《かす》れた。

「どういたしまして。もうひとりのマネージャーの河野には、副キャプテンの大夢からなにか奢《おご》らせればいいだろ」

「ふふっ。うん、私だけじゃ、智恵理がきっと怒るもんね」

そう言うと私たちは、あらためて顔を見合わせた。

マスクをしているせいで表情がハッキリと見えないのが、寂しくて、もどかしい。

「……邪魔だな」

と、不意にそう言った優吾くんがつけていたマスクを外した。

一瞬、心のうちを優吾くんに見透《みす》かされたのかと驚いたけれど、私も優吾くんにならってつけていたマスクを外した。

そのまま私たちは数秒間、見つめ合った。

こうして向き合って、マスクなしのお互いの顔を見るのはいつぶりだろう。

しばらくして照れくさそうにほほ笑んだ優吾くんが、私から目をそらした。

不思議と胸がいっぱいになって、私も自然にほほ笑んでいた。

「なんか、変な感じだな。ただマスクを外しただけなのに、距離が近くなった感じがする」

「うん、そうだね。本当に不思議だね」

まだイチゴは食べていないのに、すごく甘酸《あまず》っぱい気持ちだ。

こんなに幸せなクリスマスは初めてかもしれない。

まさかコロナ禍で一番大変なときに、こんなふうに幸せを感じられるとは思わなかった。

「ケーキ、食べないのか？　食べないなら俺が食べるけど」

からかうように優吾くんがケーキを指さした。

「もちろん、食べるよ」

私は慌ててフォークを構えると、生クリームがついたイチゴをすくって口に運んだ。

「おいしい！」

「それならよかった。そのケーキ、ラスイチだったんだよ」

「そうなの？　それならせっかくだし、優吾くんも一緒に食べようよ」

「いや……。フォーク、ひとつしかもらってないからさ」

そう言うと優吾くんは、再びフイッと顔を背けた。

ワンテンポ遅《おく》れて意味を理解した私は、真っ赤になってケーキに視線を戻した。

甘さが全身に広がっていくみたい。

心がくすぐったくなって、慌ててもう一口、ケーキを口へと運んだ。

「滝瀬、俺さ」

と、優吾くんが顔を背けたまま、口を開いた。

「俺、キャプテンとして、最後までしっかりチームを導いていきたいと思ってるから。

一番近くで見ていてほしい」

「え？」

反射的に顔を上げた私は、優吾くんのきれいな横顔を見つめた。

真っすぐに前を見据える優吾くんの瞳には、一点の曇りもない。

「滝瀬には――いや、〝六花〟には、俺がやり遂げるのをそばで見ていてほしいんだ。それで、もしも無事に最後の大会を終えたら、そのときには……」

言いかけた言葉を止めた優吾くんが、私を見る。

熱のこもった瞳に吸い込まれそうになった私は、思わずゴクリと息をのんだ。

「あのさ、俺――」

「あ……」

そのときだ。私のカバンの中に入れてあったスマホが震えた。

慌てて取り出して確認するとお母さんからの着信で、電話だけでなく、いつの間にかメッセージが五通も届いていた。

内容はどれも【牛乳まだ？】といった、催促《さいそく》だ。

「電話、出なくてもよかったのか？」

「うん、大丈夫。それで、あの……話の続きは？」

「……いや。やっぱり、今はいいや。っていうか、そろそろ帰ったほうがいいよな」

結局、優吾くんが言いかけた言葉の続きを聞くことはできなかった。

それでももう少し優吾くんと一緒にいたいと思った私は、

「待って！　ケーキ、今すぐ食べるから」

なんて、食い意地の張ったことを言って、優吾くんを引き留めた。

すると優吾くんは目を丸くして私を見たあと、クシャッと笑って噴き出した。

「ハハッ。もちろん、六花が食べ終わるまで待ってるよ」

六花――。自然に名前を呼ばれて、鼓動が跳ねた。

ケーキもミルクティーも嬉しかったけれど、優吾くんに名前を呼ばれたことが私にとってはなによりのクリスマスプレゼントだ。

もしも今、優吾くん本人にそう言ったら、どんな顔をするだろう。

「……優吾くん、ありがとう」

なんて、今の私には、それだけ言うのが精いっぱいだった。

「どういたしまして」

ほほ笑み返してくれた優吾くんの顔はとても優しくて、私はまたこのまま時間が止まればいいのになんて、夢みたいなことを考えた。

『六花には、俺がやり遂げるのをそばで見ていてほしいんだ。それで、もしも無事に最後の大会を終えたら、そのときには……』

このときの私は、その言葉の続きはいつか聞ければいいいと思っていた。

だけど私は、とても大切なことを忘れていた。

〝明日やればいいやって後回しにしたことが、明日になったらできなくなることもある〟

〝今、私たちが当たり前にできていることも、いつ当たり前じゃなくなるかわからない〟

そう言ったのは間違いなく私だったのに、私はいつの間にか二度目のコロナ禍に慣らされていた。

〝いつか〟が来るとは限らない。

だから今が大切なんだと、一度目のときの優吾くんの死を通して思い知ったはずなのに――。

「ごちそうさまでした」

ケーキを食べ終えた私は手を合わせたあと、ゆっくりと立ち上がった。

そうして私たちはコロナに翻弄《ほんろう》されながら、高校生活最後の年を迎える。

第3章 二〇二一年四月

See us at that day linking our wishes.
by Lin Koharu

「おつかれさまでした！」

二〇二一年四月。コロナが収束する気配は感じられないまま、私たちは高校三年生になった。

世の中にはまだ、たくさんの制限があふれている。

けれど、放課後の部活動を終えた男バスのメンバーたちの表情は明るい。

なぜなら今年は、インターハイが無事に開催されることになっているからだ。

「五月末からは、いよいよインターハイの地区予選が始まるからな。みんな、しっかりと気を引きしめていけよ」

「はいっ！」

田岡先生の言葉に、部員たちが力強く頷いた。

たった今、田岡先生が言ったとおり、〝一度目のときと変わりなければ〟もうすぐインターハイの地区予選が始まる。

今年はコロナの関係でいくつかの取り決めはあるものの、去年の三年生の悔しさを知っている私たちからすれば、開催されるだけでも奇跡《きせき》のように感じられた。

男バスのみんなはこの一年、制限された日々の中でもできることを精いっぱいやってきた。

あとは、大会初日に向けてコンディションをしっかり整えていくだけだ。

私もマネージャーとして、できる限りのサポートをしていこうと気を引きしめていた。

「みんな、とにかく手洗いうがいはしっかりね。あと、マスクもちゃんとして、難しいかもしれないけど人ごみはなるべく避けるようにしてね！」

練習が終わり、部室から出てきた部員一人ひとりに声をかけた。

すると副キャプテンの大夢くんに、「六花ちゃんは、男バスのお母さんみたいだな」なんて、からかわれてしまった。

「手洗いうがいにアルコール消毒、俺はもう毎日ピカピカだよ」

「ちょっと大夢、軽口叩いてる場合じゃないでしょ！　今の時期はちょっとした気の緩みが一番良くないって、田岡先生も言ってたじゃん！」

「それな～。でも、六花ちゃんが部活終わりには必ず手洗いうがいって言うから、昨日は俺、夢の中でも手洗いうがいしてたよ」

ケラケラと笑う大夢くんを、智恵理が呆れながら睨《にら》んだ。

と、最後に部室から出てきた優吾くんが、大夢くんのこめかみをコン！と小突《こづ》いた。

「イテッ！」

「大夢、茶化すなよ。六花は俺たちのためを思って言ってくれてるんだし、予選初日を無事に迎えられるようにって真剣に考えてくれてるんだろ」

そう言うと、優吾くんはスポーツバッグを肩にかけ直した。

そのまま私たちは自然に駅に向かって歩き始めた。

誰かが言い出したわけではないけれど、新年度に入ってからは、部活終わりには四人で一緒に帰る日が増えていた。

「予選まで、あともう少しだな」

帰り道、隣を歩いていた優吾くんが遠くを見ながらつぶやいた。

「うん。いよいよだね」

私が頷きながら答えると、私たちの前を歩きながら智恵理と漫才《まんざい》のようなやり取りをしていた大夢くんが振り向いた。

「俺ら三年は、受験があるから今回の大会を最後に全員が引退予定だもんね。これまで頑張ってきたぶん、悔《く》いのないようにやり切りたいよな」

大夢くんはなんだかんだ、周りをよく見ているのだ。

これまで軽口を叩いていたのが嘘のように真剣な声色で言った大夢くんは、先ほどの優吾くんと同じように遠くを見つめた。

春の夜風はまだ少しだけ肌寒《はだざむ》い。

本当に、いよいよだ。男バスのみんなの集大成となる大会が、もうすぐ始まろうとしている。

「もちろん、目標は全国大会出場だからな」

優吾くんが真っすぐに前を見据えながら答えた。

すると大夢くんは眩しそうに目を細めたあと、

「でも、中間テストやりながら予選とかつらすぎるよな〜。なんでコロナでなくなったものはいろいろあるのに、テストだけはなくならないんだよ」

なんて、また軽口を叩いて場を和ませてくれた。

大夢くんはチームのムードメーカーだ。

大夢くんがどんなときでも今の調子でいてくれるから、強敵が相手でも心折れずに戦える。

だけど私は、そんな大夢くんが泣いている姿を一度だけ見たことがあった。

それはタイムスリップ前、インターハイを出場辞退することが決まったときのこと。

コロナの待機期間が明けて、男バスの部員たちに『俺のせいでこんなことになって、本当にごめん』と、涙ながらに頭を下げた優吾くんを前にして大夢くんは泣いていた。

『インターハイに出られなくなったのはコロナのせいで、優吾のせいじゃないだろ！』

そのときのふたりの姿は、鮮明《せんめい》に目に焼きついている。

「もう、あんな光景は絶対に見たくないよ」

思わず口に出してつぶやいてしまった私を、隣の優吾くんが不思議そうに見た。

「六花、どうした？」

「あ……ううん、なんでもない」

慌てて誤魔化したけれど、優吾くんには不審に思われたかもしれない。

「まぁ、とにかく俺らは悔いのないようにやるしかないよなぁ」

そう言うと大夢くんが空に向かって伸びをした。

悔いのないようにやるしかない。——やらせてあげたい。

インターハイに出られずに終わるなんて、そんな悲しい思いだけは絶対にさせたくない。

それは優吾くんの自死を防ぐためだけでなく、今では部員全員のために願わずにはいられないことだった。

「優吾くんも大夢くんも、家に帰ったらちゃんと手洗いうがいをしてね。本当に、絶対だよ」

念を押すように言うと、大夢くんにはまた「お母さんみたいだな」と笑われてしまった。

「でもさ、インターハイもそうだけど、今年は去年よりも多少はできることも増えたよね」

前を歩く智恵理がつぶやいた。

「そうかもな。だけど体育祭は、今年もなしになるって聞いたけど～」

「あーね。結局、私たちは一年生のときの体育祭が、最初で最後になっちゃったね」

ため息をついたのは大夢くんと智恵理だ。

そのとき、不意になにかを思い出したように目を見開いた智恵理が、私のほうに振り向いた。

「そういえばさ！　六花、一年の体育祭のときに、〝最後だってわかってたら〟的なことを言ってなかった⁉」

「え、マジで⁉」

「言ってたよ、最後だってわかってたら～……って。まさか六花、あれが最後になるってわかってたから、あんなこと言ったの⁉」

思いもよらない智恵理の指摘に、私はギクリとして肩を強張らせた。

思わず、ソロソロと智恵理から目をそらす。

「私、そんなこと言ったっけ？」

「言った！　絶対言ったよ！　それで私はそのときに、さっきの大夢みたいに六花ってばお母さんみたい〜的なことを言ったはず！」

言われた。たしかに智恵理にも、そんなことを言われた記憶がある。

だけどまさか、本当のことなんて今さら言えない。

どうすればこの場を切り抜けられるだろうかと、私は空っぽの頭をフル回転させた。

「もしかして、六花ちゃんには予知能力があるとか!?」

「バーカ。ふたり揃って、くだらないこと言ってんなよ。そんな便利な能力、あるはずないだろ」

と、私が困っていたら、優吾くんが呆れた様子で止めに入ってくれた。

大夢くんと智恵理は不満そうだったけど、私は心の底からホッとした。

「えー、でもさぁ、もしも本当に六花ちゃんに予知能力があるなら、俺らが試合で勝つかどうか教えてもらえたりするのに〜」

「そんなの、やる前からわかったらつまらないだろ。大夢は漫画《まんが》の読みすぎだ」

諦めない大夢くんを、優吾くんが再び小突いた。

マスクをしていても、ふたりが笑顔なのがわかる。

私は眩しく思いながら、ふたりの横顔を眺めた。

部活終わりのこんなやり取りも、あと何回見られるだろう。

「……六花、私、イイコト思いついちゃった」

「え？」

そのとき、不意に、隣に並んだ智恵理が私の耳元で囁《ささや》いた。

驚いた私が隣を見ると、智恵理は星が飛ぶようなウインクをしてみせる。

「智恵理、イイコトってなに？」

「フフフッ。あ〜、ヤバッ！　私、体育館に忘れ物しちゃったみたい！　大夢、ちょっと一緒に取りに戻ろ！」

「え？　なんで俺まで一緒に？」

「いいからっ！　ほら、早く行くよ！　ってことで、ふたりは先に帰ってて〜」

そう言うと智恵理は、大夢くんの腕を強引に引っ張って、来た道を戻っていった。

嵐《あらし》のような勢いだった。

その場に残された私と優吾くんは、思わず顔を見合わせた。

「よくわかんないけど、ふたりで帰るか」

その言葉を聞いて、私はようやくピンときた。

まさかとは思うけど、智恵理が思いついたイイコトってこれのこと？

「なぁ、帰らないのか？」

「あ……うん。帰ろっか」

私は、先を行く優吾くんの隣に慌てて並んだ。

そして、ゆっくりと歩き出す。

智恵理は気を使って、ふたりきりにしてくれたんだ。

優吾くんが私の歩幅《ほはば》に合わせて歩いてくれているのがわかって、心がとてもくすぐったい。

心臓は、今にも爆発しそうなくらい高鳴っていて、優吾くんに聞こえてしまうんじゃないかと気が気じゃなかった。

「あのさ、やっぱり、六花も緊張とかすんの？」

「えっ!?」

突然口を開いた優吾くんが、私の顔を見た。

私は、優吾くんに本当に心臓の音が聞こえてしまったんだと思って、冷や汗をかいた。

「緊張って、それは……っ」

「試合。見てる側も緊張するのかなって、前から気になってたからさ」

「…………え？」

「いつもマネージャーは——っていうか六花は、どういう気持ちで試合を見ててくれてるのか、気になってたんだ」

——マスクをしていてよかった。

今の私は、まさに開いた口が塞《ふさ》がらない状態だった。

早とちりして、危うく余計なことを口走ってしまうところだった。

「六花？」

なにも答えない私を不思議に思ったのか、優吾くんが顔をのぞき込んできた。

気を取り直した私は胸に手を当てて、心を落ち着けるために深呼吸をした。

そして、おずおずと口を開くと、

「優吾くんとか、選手ほどじゃないかもしれないけど。試合のときは、もちろん私も緊張するよ」

そう言って、マスクの中でほほ笑んだ。

「そっか。俺、負けてるときやシュートが入らないときは、見てる奴らもイライラするだろうなって勝手に思ってたわ」

「ふふっ。たしかに、正直に言うと、〃なんで今の、しっかり決めないの⁉〃って、イライラするときもあるけど。でも、それよりもハラハラとかワクワクのほうが大きいよ。というか試合中は、ずっとドキドキしてるかも」

男バスのみんなが練習を頑張ってきたのを知っているぶん、努力が報われてほしいと祈るような気持ちで見ている。

「ドキドキ、か。……ふぅん」

「どうしたの？」

「いや、べつに。なんでもない」

そう言って私から目をそらした優吾くんの向こうに、駅の明かりが見えた。

私はここから電車に乗って帰るけど、優吾くんはバスに乗って帰る予定だ。

「えっと。それじゃあ、また明日ね」

本当は離れたくなかった。

このままずっと話していられたらいいのにって、身勝手なことを考えていた。

それでも、部活で疲れている優吾くんを引き留めるのは忍《しの》びなくて、私は小さく手を振るといつもどおりに別れようとした。

「六花、待って」

だけど、そんな私の手を優吾くんが掴んだ。

私はまさか引き留められるとは思っていなかったから、目を見張りながら優吾くんを見上げた。

「予選、絶対に勝つから」

「え……」

「約束する。それで、去年のクリスマスに言えなかったこと、ちゃんと六花に伝えるから」

掴まれている手が燃えるように熱い。

私は優吾くんのきれいな瞳から、一瞬も目をそらせなかった。

「じゃあ、そういうことで。……また明日な」

名残惜しそうに手が離される。

だけど離されたあとも、手のひらはジンジンと熱を持っていて、温かかった。

私は離れていく優吾くんの背中を見送りながら、胸の前で拳を握りしめた。

駅の明かりに照らされた優吾くんの耳先は、ほんのりと赤くなっていた。

『予選、絶対に勝つから』

優吾くんの言葉に、胸を打たれた。

私は今日まで優吾くんが……男バスのみんなが、無事にインターハイに出場できますようにと考えて、サポートしてきた。

だけど優吾くんの本当の目標は、〝出場〟ではないのだと、今の言葉を聞いて実感した。

試合に出て勝つことなんだ。

勝って、予選を勝ち抜いて、チームのみんなと全国大会に出ることが、優吾くんの目標であり夢なのだ。

「優吾くんっ」

気がつくと私は、マスクをしたまま叫んでいた。

足を止めた優吾くんが振り向いて、驚いたように目を見開く。

そんな優吾くんを真っすぐに見つめながら、私は大きく息を吸い込んだ。

「絶対、勝ってね！　私、優吾くんのこと、誰よりも応援してるから‼」

もう一度、力いっぱい叫んだ。

優吾くんには無事に出場するだけでなく、悔いの残らない試合をしてほしいと心の底から思った。

優吾くんの――みんなのこれまでの努力が、実を結びますように。

そして優吾くんが自死する未来が、変わりますように。

「おう、絶対勝つから！」

私の声が届くと、優吾くんは片手を空に向かって上げて、応えてくれた。

私たちは、そのまま別れた。

希望を胸に抱きながら、同じ目標と夢に向かって歩き出したのだ。


【男子バスケットボール部全員へのご報告です】

――そうして、いよいよインターハイの地区予選が始まる、四日前。

夜、男バスのグループメッセージに、顧問の田岡先生から一通のメッセージが流された。

【昨日の朝、部員の発熱が確認されました。当該《とうがい》部員は明日の朝イチでＰＣＲ検査を受ける予定なので、その結果が出るまで男バス全員自宅待機するように】

そのメッセージに、男バスの部員全員が衝撃《しょうげき》を受けて絶望した。

結局、悲劇は繰り返されてしまったのだ。

あれだけ気をつけよう、気をつけてと声をかけていたのに、コロナの魔《ま》の手からは逃《のが》れることができなかった。

「なん……でっ……」

私は、そのメッセージを読みながら涙をこぼして嗚咽《おえつ》した。

そして、スマホの電源を切ると――〝自分が寝ているベッド〟の枕に、顔を埋めた。

真っ暗な部屋の中には、高熱を示した体温計が転がっている。

まさか、こんなことになるとは思わなかった。

誰が、こうなることを予想した？

「……六花、熱はどう？　苦しくない？」

部屋の扉の向こうから、私を心配するお母さんの声が聞こえてきた。

私は痛む喉で、どうにか「大丈夫」と声を絞り出して、涙で濡《ぬ》れたシーツを掴んだ。

二度目の高校生活。

二度目の、〝最後の〟インターハイ。

発熱した部員は優吾くんではなく、私だった。

予選初日直前でコロナに感染したのは――他でもない、〝私〟だった。

二〇二一年六月

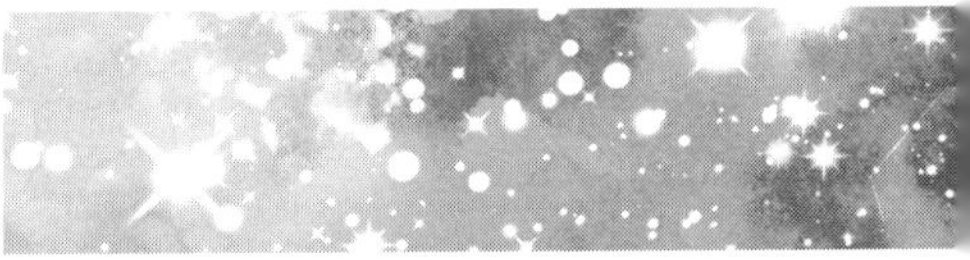

See us at that day linking our wishes.
by Lin Koharu

《男バスの誰も六花のことを責めてないし、大丈夫だから学校だけでも出ておいでよ》

二〇二一年六月中旬。私がコロナに感染してから三週間が経過した。

待機期間が明けても登校しない私を心配して、智恵理は毎朝かかさず電話をかけてきてくれていた。

「無理だよ……。みんなに合わせる顔がないから」

ベッドの上で膝を抱えている私は、カーテンレールにかけっぱなしになっている海凪高校の制服を見上げた。

結局、海凪高校男子バスケットボール部は、二〇二一年度のインターハイの予選を辞退するはめになった。

全部、私のせいだ。

優吾くんを始めとした三年生にとっては、ずっと目標にしていた集大成となる大会だったのに、私がコロナになったせいで台なしになった。

《合わせる顔がないってさぁ……。でも、あのあと結局、六花以外にも陽性が判明した部員もいたんだし、六花だけが責任を感じるのは変でしょ》

智恵理が今言ったとおり、実は私のコロナ陽性が判明した当日、部員数名があとを追うように発熱した。
結果的に発熱した全員がコロナ陽性で、その中にはキャプテンである優吾くんと大夢くんも入っていた。
《あれだけ陽性者が出たら、出場辞退は仕方がないことだよ》
「でも、みんながコロナになったのは、私がうつしたからだし」
《いやいやいや。これももう何度も言ってるけどさ？　もしかしたら、六花に感染させた無症状の部員がいたかもしれないじゃん。誰が誰にうつしたかなんて、そんなの誰にもわからないよ》
私が閉じこもるようになってから、智恵理は何度もそう言って慰《なぐさ》めてくれた。
実際、智恵理の言うように私の感染経路は不明なままで、誰からコロナをもらったのか、わからずじまいだ。
《六花の家族も、誰もコロナになってないんでしょ？》
「うん。同じ家にいるのに不思議だって、お母さんは言ってたけど……」
《ほら。だったら、やっぱり部員の誰かが六花にうつしたかもしれないじゃん》
「そうはいっても、男バスのコロナ陽性者第一号は私だから。私が家族以外の誰かっていうか、どこかで感染して、男バスのみんなにうつしたって思うのが普通だよ」

私がそう言うと、電話の向こうの智恵理は黙り込んでしまった。

智恵理とは、この答えの出ないやり取りを延々と続けている。

「最初の感染者が、こんなに肩身が狭《せま》い思いをするとは思わなかった」

罪悪感で、毎日押しつぶされそうだ。

寝ても悪夢にうなされるくらい、私は罪の意識に打ちのめされていた。

「いっそのこと、みんなに責められたほうがマシだよ」

《じゃあ、聞くけどさ。六花は、私が陽性者第一号だったら、私のせいでインターハイに出られなくなったって私のことを責めたの？》

「それは……」

《責めないでしょ。六花は、絶対に責めない。ねっ、それと同じだよ。本当に誰も六花のことは責めてないの。全部コロナが悪い、コロナのせいだって思ってる》

だからいい加減、学校においでよ。

続けられた言葉に、私は頷くことができずに沈黙した。

智恵理が言っていることもわかるし、本当は私だって登校して、男バスの部員のみんなに直接謝りたいと思っている。

【私のせいで、本当にごめんなさい】

それはインターハイ予選の出場辞退が決まった日に、男バスのグループメッセージに私が送信したメッセージの内容だった。

そのメッセージには、たった今智恵理が言ったように、【全部コロナのせいだから気にするな】といった内容の返信が連なっていた。

だけど、気にするなと言われれば言われるほど気にしてしまうんだ。優しくされればされるほど苦しくなって、身の縮む思いがした。

《六花以外のみんなは、とっくに元気に登校してきてるんだから。とにかく、今日という今日は学校においでよ。遅刻《ちこく》してきてもいいし、放課後の部活に顔を出すだけでもいいからさ！》

朝の登校前の忙《いそが》しい時間帯にも関わらず、智恵理は根気強く私に付き合ってくれた。

〝待ってるよ〟と言った智恵理との通話を終えたあと、私は抱えていた膝を、さらに強く抱き寄せた。

静かな部屋の中には、時計の針の音だけが響いている。

本当は、いつまでも智恵理の優しさに甘えていてはダメだということもわかっていた。

ちゃんと学校に行って、みんなに直接謝らないといけない。

だけど頭ではわかっていても、いざ行動に移すとなると難しかった。

「え？」

と、思わず考え込んでいたら、そばに置いてあったスマホが鳴った。

恐る恐るスマホを手に取って確認すると優吾くんの名前が表示されていて、心臓が縮み上がった。

優吾くんからの着信だ。どうしよう、出るべきだろうか。

優吾くんとは、もうずっと話せていない。

私がコロナに感染してから、優吾くんは何度か連絡をくれていたけど、私は合わせる顔がなくてメッセージの返信もせず、電話にも出られていなかった。

「……ダメだ」

悩んでいるうちに、電話は切れた。

ところがホッとしたのもつかの間、再び電話が鳴り出した。

連続してかかってきたのは、今日が初めてだった。

なんとなく、電話の向こうの優吾くんが怒っているんじゃないかと感じた私は、震える指で、スマホの画面をタップした。

《……もしもし》

案の定、聞こえてきたのは怒気《どき》を帯びた声だった。

思わずピッと背筋が伸びる。

「は、はい」

蚊《か》の鳴くような声で返事をすると、優吾くんが電話口でため息をついた。

《六花。具合、どうなんだよ？》

「え……」

《後遺症《こういしょう》とか大丈夫か？》

ちゃんと返事をしなきゃと思うのに、思うように声が出ない。

それでも精いっぱい声を振り絞った私は、

「大丈夫だよ」

と、また蚊の鳴くような声で答えた。

《そっか、大丈夫ならよかった》

「あの、優吾くんは？」

《俺も、特に後遺症とかないし大丈夫。大夢も、あと、他のみんなも元気だよ》

「そっか、よかった……」

みんなが後遺症もなく元気にしていることは、智恵理から聞いて知っていた。

だけど、あらためて優吾くんの口から聞いたらホッとした。

だって優吾くんにコロナをうつしたのは、私かもしれないから。

「ゆ、優吾くん、私のせいでインターハイ予選に――……」

《――体育館》

「え？」

《今から、海凪高校の体育館に集合な》

なんの脈絡《みゃくらく》もなく言われたせいで、一瞬、ポカンとして固まった。

謝罪しようとした私の言葉を遮った優吾くんは、なぜか私に海凪高校の体育館まで来るようにと告げたのだ。

「どうして、体育館に集合なの？」

そもそも今日は平日だし、これから授業があるはずなのに。

《今日は体育館を使う授業がないらしい。だからこれから、体育館に集合な》

優吾くんは、また有無を言わさぬ口調でそう言った。

困惑《こんわく》した私は、思わず目を白黒させた。

《ちなみに、俺はすでに体育館にいるから》

「優吾くんは、授業に出ないの？」

《六花が来ないなら、今日は出ない》

「……どういうこと？」

《どうしても、六花に話したいことがあるんだよ》

「私に、話したいこと？」

《ああ。……なにかの拍子《ひょうし》に、他の奴の口から六花の耳に入る前に、直接会って、俺の口から六花に話したいことがあるんだ》

一瞬、優吾くんの声が暗くなったような気がした。

私はとても気になったけれど、だからといって、すぐに学校へ行くという決断はできなかった。

「優吾くん、ごめんなさい。私、やっぱりまだ学校に行く勇気がなくて……」

情けなくて、自然と声が小さくなった。

同時に、私はあることに気がついた。

きっと……一度目のときの優吾くんも、今の私と同じように悩んでいただろう。

悩んで、葛藤して、周りが「気にするな」と言っても割り切ることができなくて、ひとりで苦しみを抱え込んでいたはずだ。

『やっぱりさ、優吾くんが自殺したのって、〝あの事件〟が原因なのかな』

ふと頭をよぎったのは、タイムスリップ前に、電話で智恵理に言われた言葉だった。

そのとき私は、『さすがにそれは、智恵理の考えすぎじゃない？』と、答えたと思う。

だって、〝さすがに、そんなことでは自殺なんてしないだろう〟と思ったから。

私は、こんなにも苦しくつらい日々を、〝そんなこと〟だと思っていた。

「……所詮、他人事だったってことだよね」

思わずぽつりとつぶやいたら、電話の向こうの優吾くんに《他人事？》と聞き返された。

「ううん、なんでもない」

考えてみたら、私はタイムスリップしてからも、一度目のときに優吾くんが経験した痛みを、軽く考えていたのだと思う。

同じ立場になった今、ようやく気がついた。

ようやく、気づくことができた。

つらさや、痛みや、苦しみは、抱えている本人にしかわからないってこと。

それを簡単に、〝そんなこと〟と切り捨てていいはずがなかった。

いつも笑っている人や、クラスの人気者だって、本当は誰にも言えない悩みや苦しみを抱えているかもしれない。

それこそ、死んだほうがマシだと考えてしまうような痛みを、抱え込んでいることもある。

「優吾くん、本当にごめんね……」

気がつくと私は、謝っていた。

だけど私が謝った相手は、今、電話している優吾くんではない。

タイムスリップ前の——もう二度と会えない、優吾くんだ。

私が勝手に〝自死を選ぶような人じゃない〟と決めつけていた、優吾くんだ。

《六花が謝る理由なんてないだろ》

と、黙り込んだ私を、力強い声が叱咤した。

我に返った私はいつの間にか俯いていた顔を上げると、スマホから聞こえる声に耳を澄《す》ませた。

《六花はなにも悪くない、だからもう気にするな。……って言っても、今の六花のつらさは、六花にしかわからないよな。六花のつらさを、全部わかってあげられなくて俺のほうこそ本当にごめん》

その言葉を聞いた瞬間、再び目から涙があふれた。

不思議と、過去の自分が許されたような気がしたのだ。

優吾くんの言葉ひとつで、救われたような気持ちになった。

「優吾くんは、やっぱりすごいね」

私は気づくのにずいぶん時間がかかったことも、ちゃんと気づけているのだから。

《べつに、すごくはないだろ。普通だよ》

「ううん、優吾くんがすごいって、私にはわかるんだよ」

とても、誇《ほこ》らしい気持ちになった。

私が好きになった人は、やっぱりすごく素敵な人だ。

「さっき言ってた話したいことって、この電話で聞くのはダメかな?」

小さく深呼吸した私は、思いきって尋ねた。

学校に行くのは難しいけど、どうしても優吾くんの言う〝話したいこと〟がなにか気になったから。

「優吾くん?」

すると優吾くんは数秒沈黙したあと、短く息を吐いてから覚悟を決めたように口を開いた。

《俺、北海道に引っ越すことになった》

「……え？」

《コロナの影響もあって、父さんがやってる会社を畳《たた》むことになってさ。それで、これからちょっと生活がキツくなるから、家族で北海道にある母さんの実家にお世話になることになったんだ》

一瞬、なにを言われたのかわからなかった。

優吾くんが、北海道に引っ越す？

そんなこと、一度目のときにはなかったはずだ。

もちろん、高校卒業後の優吾くんがどこでなにをしていたのかまではわからないけれど。

だとしても、コロナのせいでお父さんの会社を畳むことになって、家族で北海道に引っ越すなんて、聞いたこともなかった。

もしかしてこれも、未来が変わったことの影響なのだろうか。

優吾くんではなく私がコロナになったように、未来が思わぬ方向に進もうとしているのかもしれない。

《今日、そのことを学校に報告する予定だったんだ。でも、そうすると噂がすぐに広まって、六花の耳にも入るかもしれないと思ってさ》

だから優吾くんはそうなる前に、自分の口から直接私に話したかったのだと説明してくれた。

《でも、六花が今日も学校に来られなさそうなら、今、この電話で伝えたほうがいいと思って——》

「や、やだ」

《え?》

「また、会えないままサヨナラになるのは嫌だよ! 待ってて、私、今すぐ体育館に行くから!」

気がつくと私は、力いっぱい叫んでいた。

電話の向こうにいる優吾くんが、一瞬、息をのんだのがわかった。

「このまま会えなくなるなんて、絶対に嫌だから!」

《は? 六花、俺は——》

「とにかく、今すぐ行くから体育館《そこ》で待ってて! お願いだから、私が行くまで絶対に待ってて!!」

もう一度力いっぱい叫んだ私は、優吾くんが言いかけた言葉を聞くより先に通話を切った。

そしてカーテンレールにかけっぱなしにしていた制服に袖《そで》を通すと、急いで部屋を飛び出した。

そのまま靴を履いてマスクをつけると家を出て、海凪高校に向かった。

電車に乗っている間も、ソワソワして落ち着かなかった。

私は一秒でも早く優吾くんのところに行きたくて、電車を降りて駅を出た瞬間、全速力で駆けだした。

「……っ、はっ、ハアッ」

息が切れる。こんなふうに走ったのはいつぶりだろう。

ああ、そうだ。

一度目の高校生活で、優吾くんと最後に話した、あの日以来だ。

『もしも……ひとつだけ願いを叶えられるとしたら、どうする？』

その質問に答えられずに体育館から逃げ出した私は、用事を済ませて学校を出ると、駅まで続く道を泣きながら走って帰った。

「──優吾くんっ!!」

今日は、あの日とは真逆だった。

駅から学校まで走ってきた私は、そのまま真っすぐに体育館へと向かった。

体育館の中に入ると、制服姿の優吾くんがいた。

「六花……」

手にはバスケットボールを持っている。

優吾くんは私を見ると、驚いた様子で目を見開いた。

「ふぅ……はっ、はぁ……っ」

優吾くんは、ちゃんと待っていてくれた。

私は肩で息をしながら、必死に呼吸を整えた。

マスクをしているせいで息苦しい。

苦しくて、たまらない。

焦れったくなった私はマスクを乱暴に外した。

そして目いっぱい酸素を吸い込むと、最後の力を振り絞って優吾くんのそばまで駆け寄った。

「あ、会えてよかった。優吾くん、私――」

「六花、悪いっ！」

「え？」

「俺、北海道に引っ越すのは本当だけど、高校卒業まではこっちにいるから」

予想外の言葉に、私は思わずポカンとして固まった。

対する優吾くんは申し訳なさそうに私を見て、先ほどの電話の続きを話し始めた。

「コロナの影響もあって、父さんがやってる会社を畳むことになった。それで、これから生活がかなり厳しくなるから、俺たちは家族で母さんの実家にお世話になることになった」

「う、うん。そのお母さんの実家が、北海道にあるんだよね？」

「そう。だけど俺は高三だし、引っ越しは受験が終わって、海凪高校を卒業してからって話でまとまったんだ」

言われてみれば、高校三年生の今のタイミングで転校するというのはあまり聞いたことがない。

つまり、私の早とちりだったってこと？

「ひとり暮らしをさせてもらえる余裕はないから、俺はその母さんの実家から通える大学を受験するってところまでは決めたんだ」

「そう、なんだ。大変だったんだね。」

「ああ。ほんとは両親は離婚するって話も出たんだけど……それは、どうにか止めてさ。ってことで俺はそのことを、今日、学校に報告しようと思ってた」

「ということは……優吾くんは、今すぐ北海道に引っ越すわけじゃないってこと？」

「ああ」

「会えるのは、今日で最後じゃないの？」

「ああ」

「まだ、これからも、会おうと思えば会えるの？」

「そう。……って、高校を卒業したあとは、難しいだろうけど」

そう言うと優吾くんは、力なく笑って俯いた。

「うち、中学生の弟がいるからさ。俺は大学に通いながらバイトして、少しでも家計を助けなきゃって思ってるんだ。大学も奨学金《しょうがくきん》で行く予定だし……六花とは、高校を卒業したら会えなくなると思う」

優吾くんの声が暗く沈んだ。

それは先ほど電話で聞いた声と同じで、私の胸もズキリと痛んだ。

「北海道は、遠いもんね……」

「だな。ってことで、俺の言葉足らずで驚かせて悪かった。電話の最後の六花の言葉を聞いて、六花が勘違いしてることに気づいたんだけど……」

説明する前に私が電話を切ってしまった。

事実をきちんと理解したら身体から力が抜けて、私は思わずへなへなとその場に座り込んだ。

「六花⁉」

私を心配して、優吾くんもしゃがんでくれた。

目が合ったら、涙がこぼれた。

安堵とショックと寂しさと……。もう感情は、ぐちゃぐちゃだ。

「い、今すぐ会えなくなるわけじゃないんだよね？」

念を押すように尋ねると、優吾くんは一瞬だけ切なげに眉尻を下げたあと、力強く頷いてくれた。

「そっか。それなら、よかった……のかな」

結局、一度目のときと同じように、私たちは高校を卒業したら離れ離れになるようだ。

未来の大きな流れは変わらないということ。

やっぱりこれは、タイムスリップの仕組みのひとつなのだろうか。

「悲しいけど、でも……突然、もう二度と会えないって言われるよりはマシだよね」

ひとり言のようにつぶやいた私は、手の甲で涙をぬぐった。

「勘違いして、ごめんなさい。それと……インターハイ、私のせいで出られなくなっちゃって、本当にごめんね」

そう言うと私は、深々と頭を下げた。

「男バスのみんなにも、ちゃんと会って謝ろうと思ってる。もちろん、許してもらえるとは思ってないけど……」

当たり前だ。私はみんなの努力を水の泡《あわ》にしてしまったのだから。

それでも、もういい加減逃げずにちゃんとしなければいけない。

と、覚悟を決めて顔を上げようとした瞬間、いつかも感じたぬくもりが、予告なく頭の上にのった。

「バカ。許すもなにも、俺を含めて男バスの奴らは全員、六花を恨《うら》んだりしてないから」

「で、でも……」

「っていうか、六花はすぐに謝るの禁止だって、前に言っただろ。卒業するまでに、その癖《くせ》を直すって約束しろよ」

ゆっくりと顔を上げれば厳しくも優しい優吾くんの目と目が合って、胸が締めつけられるように痛くなった。

「返事は？」

「う、うん。わかった」

「ん。——約束な」

〝約束〟。そう言うと優吾くんは立ち上がって、笑顔で私に手を差し出した。

差し出された手を取った私も、優吾くんに続いて立ち上がった。

その瞬間、足元を懐かしい海風が駆け抜けた——ような気がした。

ハッとして下を見れば、真っすぐに引かれたフリースローラインが目に入った。

そのままなにかに導かれるように顔を上げると、目が赤いゴールリングをとらえる。

今、隣に立つ優吾くんは、バスケットボールを抱えていた。

ゴクリと喉を鳴らした私は、繋がれたままの手に力を込めた。

「六花、どうした？」

私の手が震えていることに気がついたのか、優吾くんが心配そうに私の顔をのぞき込んだ。

「優吾くん……私もひとつだけ、優吾くんに約束してもらいたいことがあるんだけど、いいかな」

「俺に約束してほしいこと？」

「うん。優吾くんに、この先なにがあっても守ってほしいことがあるんだ」

心臓が、騒がしく鳴り続けている。

続く言葉を選んでいる私を、優吾くんは不思議そうに見ていた。

「あのね、これから先、なにがあっても絶対に〝死なない〟って約束してほしい」

「は？」

「もちろん、人間だからいつかは死ぬってわかってるんだけど。なんていうか……その、優吾くんがもしもこの先、〝死にたい〟って思ったりしたら、そのときは私との約束を思い出してほしいんだ」

突拍子《とっぴょうし》もない私の言葉を聞いた優吾くんは、怪訝そうに眉根を寄せた。

心臓はせわしなく高鳴り続けている。

そのまましばらく考え込んでいた優吾くんは、不意に短く息を吐いた。

そして繋いだ手を、一度だけ握り返してくれた。

「よくわかんないけど、わかった。約束するよ」

その言葉と同時に、繋がれていた手が離される。

私と正面から向き合った優吾くんは、空いた手でマスクを外すと、その手の小指を胸の前に静かに立てた。

「ほら、約束するんだろ」

そう言う優吾くんの口元は、きれいな弧を描いていた。

再び目に滲んだ涙を手の甲でぬぐった私は、優吾くんの小指に自分の小指を絡《から》めて結んだ。

「うん、約束」

その瞬間、全身に電気のようなものが鋭く走った。

身体の中を流れる血液が、沸騰《ふっとう》したように熱くなる。

――約束。

ああ、そうか。

私は、この約束をするために、ここまで来たのだ。

納得した瞬間、私は、時間《とき》を超えた長い旅の終わりを感じた。

「優吾くん、今の約束だけは、絶対に守ってね」

「わかったよ。その代わり、六花も俺とした約束、守れよな」

「うん……。わかった」

涙ぐみながら笑った私を、優吾くんは眩しそうに見ていた。

結んだ小指を離した私は、一度だけ小さく深呼吸をして口を開く。

「ねぇ、優吾くん。そのボール、ちょっと借りてもいいかな？」

そう言うと私は、優吾くんが抱えていたボールを指さした。

「べつにいいけど、どうするんだよ」

疑問を口にしながら、優吾くんはボールを私に手渡してくれた。

「ありがとう」

ボールを受け取った私は両手でそっと抱え込んだあと、再び静かに背の高い優吾くんを見上げた。

「……なんだよ」

「ふふっ、なんでもない」

こうして正面から向きあってマスクを外したお互いの顔を見るのは、クリスマスの日以来だ。

出会ったころよりも、顔立ちが大人びたような気がする。

優吾くんのその顔を見たら、不思議と〝もう大丈夫〟という言葉が頭に浮かんだ。

「あのさ、優吾くん」

「え？」

「もしも……ひとつだけ願いを叶えられるとしたら、どうする？」

それを口にした瞬間、またなにかを知らせるように、心臓がドクン！と跳ねた。

ああ、やっぱり。長い旅は、今日で終わりだ。

左を向いた私は、足を一歩前に踏み出すと、白い線の手前で揃えた。

フリースローラインに立ったのだ。

そのまま顔を上げた私は、ゴールリングを真っすぐに見つめた。

「海凪高校には、フリースローラインに立って願い事を口にしたあと、スウィッシュシュートを決めると願い事が叶うっていう伝説があるって知ってる？」

「知ってるけど……」

「だよね、知ってるよね」

「その伝説が、どうかしたのか？」

ボールを持つ手が震えている。

私は指先に力を込《こ》めて、気持ちを奮い立たせた。

『もしも……ひとつだけ願いを叶えられるとしたら、どうする？』

「私、叶えたい願い事があったんだ」

寂しさを振り払《はら》ってそう言った私は、涙をこらえて前を向いた。

あの日、勇気が出なくて答えられなかった言葉を今なら言える。

言いたくても、言えなかった願い事。

口にしたら〝きみが好き〟だとバレてしまう気がして、臆病者で弱虫な私は、どうしても言えなかった。

「六花が叶えたい願い事ってなんだよ？」

それは、あのときの優吾くんが叶えたかったであろう、〝優吾くんの願い事〟だ。

「優吾くんが、インターハイに出られますように！」

「は――？」

力いっぱい叫んだ私は、膝をバネにして、手にしていたボールを高く放った。

まるで、スローモーションを見ているようだった。

私の手を離れたボールは一切の音を立てることなく、ゴールリングに吸い込まれた。

「は、入った……」

見事なスウィッシュだ。

体育館の床に落ちて弾むボールの音が、タイムスリップする前と同じように、私の胸の鼓動とシンクロして大げさに高鳴っていた。

「あ……」

次の瞬間、視界がグニャリと大きく歪んだ。

直後、立っていられないほどの目眩に襲われた私は、膝から崩れ落ちて、体育館の床に倒れ込んだ。

「六花っ！」

優吾くんの焦ったような叫び声が耳に届いた。

倒れた私を、優吾くんは抱き上げてくれた。

〝優吾くん、ありがとう〟

伝えたいのに、口をハクハクと動かしても声は出なかった。

視線の先には、先ほどゴールリングに吸い込まれたバスケットボールが転がっていた。

そんなところまでタイムスリップ前のあの日と同じで、私は少し笑ってしまった。

ふわふわと、心地がいい。

そっと目を閉じた私は優吾くんの温もりを感じながら、意識を手放した――。

二〇二三年八月

See us at that day linking our wishes.
by Lin Koharu

「ん……」

無機質な冷たさを感じて、私は目を覚ました。

いつの間にか眠ってしまっていたらしい。

それにしても、なんだか身体が痛いな。

そんなことを考えながら上半身を起こした私は、自分が思いもよらない場所にいることに気がついて目を見張った。

「えっ――。私、なんでこんなところにいるの？」

予想外の事態に、寝起きでぼんやりしていた意識が一瞬で覚醒《かくせい》した。

なぜこの場所で寝ていたのか身に覚えはないけれど、目の前には見覚えのある景色が広がっていた。

「ここって、海凪高校の体育館だよね⁉」

動揺を少しでも落ち着けようと深呼吸をしたら、高校時代に何度も嗅いだことのあるワックスとゴムの匂いが鼻先をかすめて当時にタイムスリップしたような気持ちになった。

これが夢でなければ、私は今、母校の海凪高校の体育館にいる。

それも、体育館の床の上で寝ていたみたいだ。

だけどなぜ、こんなところで寝ていたのか、理由がさっぱりわからない。

「今日はたしか、なにか用事があって久しぶりに帰省したんだよね……？」

私はパニックになりながらも、必死に記憶の糸を手繰《たぐ》り寄せた。

するとタイミングよく、そばに置いてあったカバンの中でスマホが震えた。

「あ……」

慌てて取り出して見てみると、親友の智恵理からの着信だった。

スマホに表示されている日時は二〇二三年八月五日、十六時二十五分になっている。

「は、はい、もしもし」

《六花～。今、どのあたり？》

電話に出たら、聞き慣れた智恵理の声が鼓膜《こまく》を揺らした。

背後はガヤガヤとして賑やかで、智恵理が今、人の多い場所にいることが伝わってきた。

《六花が早めの電車に乗ったって言うから、私も早めに来たんだけどさ。六花がどこにもいないから、どうしたのかなぁって気になって》

「ご、ごめん。私は今……ちょっと、パニックになってたところで」

《パニック～？って、なにかアクシデントでもあったの？》

「アクシデントというか、トラブルといったほうが正しいかも」

言葉遊びのような返しをしたら、智恵理には《わけわかんないんだけど！》と、呆れられてしまった。

《とにかく、早くおいでよ！　みんな、集まり始めてるよ!?》

「え、えっと……」

『早くおいで』『みんな、集まり始めてる』

つまり私は、〝なにか〟に参加するために帰省したということで間違いなさそうだ。

だけど肝心な内容が、思い出せなかった。

私は今日、どこでなにをする予定で帰省したんだっけ。

「ダメだ……。なにも思い出せないとか普通に気持ち悪いし、へこむんだけど」

癖であるひとり言をこぼすと、電話の向こうの智恵理に《今、なんて言ったの!?》と聞き返されてしまった。

《後ろが騒がしくて聞こえなかった！　六花、ほんとにどうしたの!?》

どうしたのかわからない。わからないから、困っているのだ。

すごく重要ななにかがここであった気がするけれど、思い出そうとすればするほど、〝それ〟が頭の中から消えていくような気がした。

本当に、なにがどうなってるの……。

つい目頭を押さえて黙り込んでいると、今度は電話口から陽気な声が聞こえてきた。

《いえーい、六花ちゃん、久しぶり〜！　俺が、誰だかわかる⁉》

「誰って……。えっ、もしかして大夢くん⁉」

《せいかーいっ！　さすが、男バスの敏腕《びんわん》マネージャー！》

聞こえてきたのは同級生の大夢くんの声だった。

大夢くんは、私が高校時代にマネージャーとして在籍《ざいせき》していた海凪高校男子バスケットボール部で副キャプテンを務めていた男の子だ。

でも、卒業してからはほとんど連絡を取っていなかったから、声を聞くのは久しぶりだった。

《みんな六花ちゃんのこと待ってるから、早くおいでよ〜。主役の田岡先生も、もう来てるよ！》

「田岡……先生？」

また懐かしい人の名前が出てきたことで、曖昧だった記憶の糸が繋がり始めた。

《田岡先生、定年退職してから禁酒してたらしくてさ〜。でも今日は男バスの先輩たちもたくさん集まってるし、無礼講《ぶれいこう》ってことで解禁するって張り切ってるよ！》

田岡先生、定年退職。集まっているのは海凪高校男子バスケットボール部のOB、OGたち――。

「そ、そうだ！　思い出した！」

ようやく自分が帰省した理由を思い出した私は、興奮して立ち上がった。

「男バスの顧問だった田岡先生が今年の四月に定年退職したから、今日はお世話になったみんなで退職祝いの食事会をする予定なんだ！」

まくしたてるように言ったら、靄《もや》がかかっていた頭の中が晴れてスッキリした。

《え～？　そうだけど、急にどうしたの？　まさか忘れてたなんてこと……いや、地元に帰ってきてるんだから、そんなわけないかぁ》

まさかのまさか、なぜかスッカリ忘れていました。

なんてことは言えないので、私は笑って誤魔化した。

《まぁとにかく、六花ちゃんも早くおいでよ！》

大夢くんがそう言った直後、電話相手が智恵理に戻った。

《それで、六花は今、どこにいるのよ？》

私は答えるべきか一瞬迷ったあとで、おずおずと口を開いた。

「実は今……海凪高校の体育館にいるんだよね」

《ハア⁉　なんでそんなところにいるの？》

「たぶん、なんとなく、かなぁ」

《なんとなくぅ～⁉　って、あっ！　わかった。実は待ち合わせしてるんでしょ！》

「待ち合わせ？」

《だって、まだ優吾くんも会場のレストランに来てないからさ！》

――優吾くん。

その名前を耳にした瞬間、心臓がドクリと大げさに飛び跳ねた。

私は慌てて、自分の服装を確認した。

フォーマルな、パーティードレスを着ている。

その事実に思わずホッと息を吐いた私は、ひと呼吸置いたあとで首を傾げた。

え、私は今、どうしてホッとしたの？

やっぱり私、なにか大切なことを忘れてしまっているような気がする。

《でもまさか、優吾くんが来られるとは思わなかったよね》

「え？」

《だって、優吾くんもいろいろあって大変だったじゃん。ぶっちゃけ、そのせいでふたりは、うまくいかなかったようなものだしさぁ》

智恵理の声がわずかに曇った。
胸に痛みを感じた私は、思わずゴクリと喉を鳴らした。
《六花だって、本当は優吾くんの気持ちに気づいてたんでしょ》
「優吾くんの気持ち……？」
《優吾くんも優吾くんだよ！　会えなくなるからって理由で、諦めるなんてさ！》
ドクンドクンと、相変わらず心臓は大げさに高鳴っている。
憤慨《ふんがい》する智恵理の後ろで、
《優吾的には会えないことだけじゃなくて、自分の家はゴタゴタしてるし、六花ちゃんを巻き込みたくないって思っての判断だったんだよ～》
と言う、大夢くんの声が聞こえた。
《とにかく！　私はふたりのこと、いまだに応援してるんだからね！》
懐かしい言葉を聞いた瞬間、どうしてかはわからないけど、鼻の奥がツンと痛んだ。
《それじゃあ六花、またあとでね》
「……うん。智恵理、いつも本当にありがとう」
通話が切れたら、また静けさに包まれた。
あらためてスマホの画面に触れた私は、そうすることが当たり前のようにメッセージアプリを開いた。

そのまま、指が覚えている優吾くんとのメッセージ画面を表示した。

そこには、これまで私と優吾くんがしてきたやり取りの記録が残されていて、どうしようもない切なさに襲われた。

「初めてメッセージのやり取りをしたのは、二〇二〇年の四月だったよね……」

懐かしくも愛おしい思い出だ。

それから私たちは、スマホを通して数えきれないほどのメッセージのやり取りをした。

コロナ禍にスマホがあって、本当によかったと思う。

おかげで私たちは、孤独《こどく》に蝕《むしば》まれずに済んだから。

最後にしたやり取りは、昨日の夜から今朝にかけてのものだった。

【明日、食事会をするレストランに行く前に、ふたりきりで会えないかな】

【場所は、できれば海凪高校の体育館がいいなと思ってるんだけど】

その優吾くんからのメッセージに、私は期待に胸を膨らませながら、

【わかった、それじゃあ海凪高校で待ち合わせしよう】

と返事をしたのだ。

対する優吾くんは、

【それじゃあ十六時に、海凪高校の体育館に集合で】

と返事をくれている。

「そうだよ……。本当に、なんで忘れてたんだろう」

メッセージを読み終えた瞬間、今度こそすべてを思い出した。

私を混乱させていた〝なにか〟は完全に消えて、生まれ変わったような気持ちになった。

「それにしても、優吾くん、遅いなぁ」

約束の時間は、とうに過ぎているのに。

いったい、今、どこでなにをしているのだろう。

スマホを閉じてカバンにしまった私は、何気なくあたりを見回した。

すると、体育館の隅にバスケットボールが転がっているのを見つけた。

また懐かしくなった私はカバンを置いてからボールを拾うと、あることを思い出してフリースローラインに立った。

海凪高校にはフリースローラインに立って願い事を口にしたあと、スウィッシュシュートを決めると、口にした願いが叶うという伝説があるのだ。

いったい、誰が言い始めたことなのかバカバカしいことこの上ない。

だけど初めて聞いたときには、夢のある伝説だと思った。

「優吾くんに……会いたい」

震える声でつぶやいた私は、ボールを自分の頭上で構えた。

そして次の瞬間、膝をバネにして、ボールを高く――高く、放った。

手を離れたボールは、思いのほか軌道《きどう》がそれて、あっけなくゴールリングに弾かれた。

「残念……」

体育館の床に落ちて弾むボールの音が、遠く、遠くに離れていく。

私がスウィッシュシュートを決められたのは、後にも先にも一度だけだ。

思い出すと恥ずかしくなるけれど、今となってはあれも甘酸っぱい思い出のひとつ。

「あのときはいろいろあって疲れてたせいか、願い事をしてシュートを決めたあと、倒れちゃったんだよね」

保健室で目を覚ましたとき、そばについていてくれた優吾くんに、『心配させるなよ！』って怒られたっけ。

倒れた私を保健室まで運んでくれたのも、優吾くんだったよね。

思い出し笑いをしながら、私は転がっていったボールを拾おうとして、振り返った。

「え——」

「六花！」

ところが振り返ったら、たった今会いたいと願ったばかりの彼がいて、目を見張った。

「ゆ、優吾くん？」

黒いマスクをして、カジュアルスーツに身を包んだ優吾くんは、足元に転がるボールを拾い上げると、それを持って私のそばまで歩いてきた。

「待たせてごめん」

驚いた。急に現れるんだもん。

でも——驚いた一番の理由は、他にあった。

「優吾くん、どうして髪が濡れてるの？　それに、その子は……」

現れた優吾くんの髪は、突然の雨に降られたみたいにしっとりと濡れていた。

今日は一日、晴れていたはずなのに。

さらに優吾くんはバスケットボールを持つ手とは反対の腕に、とても可愛い黒猫を抱えていた。

黒猫は尻尾の先が、矢印のように短く折れ曲がっている。

不思議だ。私はなぜだかその黒猫を――どこかで見たことがあるような気がした。

「実はここに来る途中で、コイツが発泡《はっぽう》スチロールにしがみつきながら、海の上を漂《ただよ》ってるのを見つけたんだ」

見て見ぬふりはできなかった優吾くんは、履いていた靴だけ脱いで海に飛び込み、黒猫を救出に向かったらしい。

「幸い、食事会に出る用のスーツはキャリーケースに入れてあって無事だったからよかったけど。コイツを助けて海から上がったあと、とにかく急いで着替えるだけ着替えたから、髪を乾かす余裕がなくて……」

だから髪だけ濡れていたんだ。

ちなみに海に飛び込んだときに着ていた服は、ビニール袋に入れてキャリーケースに押し込んだらしい。

「黒猫ちゃん、無事でよかったね」

「ああ。でも、服を着たまま水の中に入ったのは初めてだったから、実はちょっと〝俺が〟ヤバかった」

「え？」

「コイツを岸に上げたあと、俺も戻ろうとしたんだけど、いきなり足がツって……危うく溺《おぼ》れそうになったんだよ」

優吾くんは冗談めかして言ったけど、私はちっとも笑えなかった。

どうしてだろう。一瞬、先ほど消えたはずの〝なにか〟が、胸の奥でざわめいたような気がして、怖いくらいに思い出したんだよな」

「でも、そのときに思い出したんだよな」

「……なにを思い出したの？」

「六花とした、約束のこと」

約束――。

そう言われて脳裏をよぎったのは、高校時代にこの場所で優吾くんと交わした、ある約束のことだった。

「これから先、なにがあっても絶対に〝死なない〟って約束」

「覚えてたんだ……」

「当たり前だろ。あんな約束、忘れようとしたって忘れられないし」

そこまで言うと優吾くんは、黒猫を抱えているほうの手で、つけていたマスクを器用に外した。

久しぶりに、マスクをつけていない優吾くんの顔を見た。

そもそも優吾くんとこうして会うのは高校を卒業して以来だから、約一年半ぶりだった。

また少し、大人びたような気がする。

久しぶりに会うのに不思議と久しぶりな感じがしなくて、無性にドキドキしてしまった。

「あっ!」

と、思わず感動していたら、黒猫が優吾くんの腕から勢いよく飛び降りた。

腕を動かされて不満だったのかもしれない。

黒猫はそのままあっという間に、私たちを置いて体育館の外へと走り去ってしまった。

「……正直言うと、六花との約束がなかったら、投げやりになって諦めてたかもしれない」

黒猫が消えたほうを見ながら、優吾くんが何気なくつぶやいた。

「どういうこと?」

「だって、生きるのって大変だろ。全然、簡単なことじゃないからさ」

だから——諦めて海に沈もうか、一瞬本気で迷った。

続けてそう言って、困ったように笑った優吾くんを見た瞬間、胸が痛いくらいに締めつけられた。

目には涙が滲んでしまう。

私は慌てて手の甲でぬぐうと、必死に涙を誤魔化した。

たった今口にした言葉に、優吾くんのここ数年の葛藤や苦労が詰まっている。

「約束、守ってくれてありがとう」

私はそっと伸ばした手で、バスケットボールを持つ優吾くんの手に触れた。

温かい。生きている。

もう、それだけでいい。

こうしてまた会えたことが……私は、たまらなく嬉しい。

「六花こそ、俺との約束、ちゃんと守ってるみたいじゃん」

不意にそう言った優吾くんに導かれるように、私は落としていた視線を上げた。

「すぐに謝る癖、いつの間にか直ったよな。まぁ……そのぶん、俺たちはもう〝あのころのままじゃない〟ってことなのかもしれないけど」

そう言うと優吾くんは、自身の手に触れた私の手を、そっと優しく包み込んだ。

「六花。約束の時間に遅れたのに、待っててくれてありがとう」

「ううん……大丈夫だよ。私もなんだか、居眠りしちゃってたみたいだから」

目に涙を浮かべたまま小さく笑うと、優吾くんは驚いた様子で息を吐いた。

「居眠りといえば、六花が高校入学初日にやらかしたことを思い出すな」

「よ、よく覚えてるね、そんなこと」

「あのときは、後ろの席の奴、マジでひとり言がエグくてヤバい奴だって思ったよ」

当時を思い出したらしい優吾くんは、本格的に笑い始めた。

黒歴史を掘り起こされた私は頬を膨らませたけれど、久しぶりに優吾くんの笑顔を見たら、怒る気にはなれなかった。

「それで、六花は今、どんな願い事をしたんだ？」

「え？」

「だって、フリースローラインに立ってただろ。ってことは、またなにか、願い事をしたってことじゃないのか？」

尋ねられた私は、優吾くんから逃げるように視線を斜《なな》め下へとそらした。

「願い事なんて……してないよ。だってあの伝説は、所詮、くだらない迷信だから」

思い出すのは高校時代、ここで願い事をしてスウィッシュシュートを決めた日のことだ。

『優吾くんが、インターハイに出られますように！』

あの日、私は願い事が叶う条件を満たしたはずなのに、結局その願いが叶えられることはなかった。

それこそ、タイムスリップでも起きない限り――絶対に叶うはずのない、夢みたいな願い事だった。

「くだらない迷信か。だけど俺は、そうは思わないけどな」

「え？」

思わず首を傾げたら、優吾くんはボールを持ってフリースローラインに立った。

そしてそのボールを頭上で構えると、小さく深呼吸をしてから口を開いた。

「六花と、これからもずっと一緒にいられますように」

そう言うと優吾くんは膝をバネにして、ボールを高く放った。

優吾くんの手を離れたボールは美しい弧を描いて、ゴールリングに吸い込まれた。

「う、嘘……。入った……？」

見事なスウィッシュだった。

シュートが入ったあと体育館の床に落ちて弾むボールの音が、私たちの胸の鼓動とシンクロしているみたいに高鳴っていた。

というか今、優吾くんが口にした願い事って――。

「これからは六花の願い事は俺が叶えるから、俺の願い事は、六花に叶えてほしいんだけど」

振り向いた優吾くんが、驚く私の目を真っすぐに見つめながらそう言った。

一瞬、なにを言われたのかわからなかった。

優吾くんの願い事は、私が叶える？

それって……。

「私と、これからもずっと一緒にいられますように……？」

たった今、優吾くんが口にした言葉を繰り返した。

意味を理解した途端、全身の血液が沸騰したように熱くなった。

戸惑う私を見た優吾くんは、小さく咳払いをしたあと、腹をくくった様子で私と正面から向き合った。

「俺が将来は高校教諭《きょうゆ》になりたいってこと、六花は知ってるよな」

それは優吾くんの大学の合格発表があった日に、優吾くんから教えてもらったことだった。

「あのとき六花には、どうして俺が高校教諭を目指すことに決めたのかは言わなかったけど。本当は俺……もしも夢を叶えられたら、どこかの高校の男バスの顧問になりたいって思ってたんだ」

「優吾くんが、男子バスケットボール部の顧問になるの？」

「そう。もう、選手としてインターハイ出場を目指すのは無理だけどさ。だけど今度は指導者側で、もう一度頑張りたいって思ってるんだ」

優吾くんのその決意を聞いた瞬間、私の目には涙があふれた。

『くだらない迷信か。だけど俺は、そうは思わないけどな』

ようやく、すべてを理解した。

つまり、高校時代にした私の願い事は、叶うかもしれないということだ。

優吾くん自身が、叶えてくれるかもしれないってこと。

優吾くんは、今度は指導者という立場になって、インターハイ出場を目指すつもりだということだ。

「今の俺があるのは、六花のおかげだよ。六花があの日、俺のために願ってくれたから……。俺はいろいろあっても腐らずに、前を向いて歩いてこられた」

私は思わず涙を隠すように両手で顔を覆《おお》った。

それでももう誤魔化しきれなくて、口からは嗚咽が漏れた。

「離れても、ずっと六花が心の中心にいた。俺はやっぱり、六花じゃないとダメだ」

家族のことや、心配事はいろいろある。

それでもどうしても諦めきれなかったのだと、優吾くんは言葉を続けた。

「俺は、あのころからずっと、六花のことが好きだ。絶対に幸せにするって約束するから、俺と付き合ってください」

顔を覆っていた手を離して優吾くんを見上げると、私を見る優吾くんの瞳も濡れていることに気がついた。

私たちの青春時代は、コロナに翻弄される日々だった。

コロナのせいでできなかったこと、諦めたことがたくさんあった。

それでも、コロナに気づかされたことも、たしかにあった。

そうして私たちは、毎日を必死に歩き続けて今日を迎えた。

「優吾くん、ありがとう……」

今、私たちは生きている。

ただ、生きている自分を——生きているきみのことを、私はとても、誇らしく思う。

「私の心の中心にも、いつも優吾くんがいたよ」

そう言うと私は、いつかと同じように、優吾くんの小指に自分の小指を絡めた。

優吾くんは、私の初恋の人だった。

たったひとりの、かけがえのない愛しい人。

「私はこれからも、優吾くんと一緒に歩いていきたい」

私がほほ笑むと、優吾くんも幸せそうに笑ってくれた。

「六花、好きだよ。俺と出会ってくれて、ありがとう」

きみに、会えてよかった。

これからはふたりで一緒に、たくさんの願い事を叶えていこう——。

第0章 二〇二一年↓二〇二二年

See us at that day linking our wishes.
by Lin Koharu

「高槻、何度も言うが、お前が責任を感じる必要はない。全部コロナのせいなんだから、もう気にするな」

二〇二一年度のインターハイは、高校三年生になった俺にとって集大成ともいえる大会だった。

予選初日の数日前に俺がコロナに感染してしまい、出場を辞退するはめになったから、あっけなく夢破れてしまったのだけれど。

最悪だったのは、俺だけが試合に出られないのではなく、チームとしての出場辞退を余儀なくされたことだ。

『俺のせいでこんなことになって、本当にごめん』

コロナの療養《りょうよう》期間が明けてすぐ、俺はチームメイトにそう言って頭を下げた。

すると、キャプテンだった大夢がすかさず俺のそばまでやってきて、

『インターハイに出られなくなったのはコロナのせいで、優吾のせいじゃないだろ！』

そう言いながら、俺の肩を力強く抱き寄せた。

大夢は泣いていた。大夢とは長い付き合いだけど、泣いているのを見たのはそのときが初めてだった。

他の部員たちも泣いていた。

もちろん俺も悔し涙を流したけれど、自分にはみんなと同じように泣く資格はないと自身を諌《いさ》めた。

『コロナが悪い、お前は悪くない』

みんなは口々にそう言ってくれたけど、本当にそうだろうか。

三年間、血の滲むような努力をしてきたことが、一瞬にして水の泡になってしまったのに。

いっそのこと、〝お前のせいだ〟と責めてくれたら楽になれたかもしれない。

そんなふうに思っていた時期もあった。

だけどどちらにせよ、俺が自分を許せる日は来ないだろう。

——きっと死ぬまで、俺は自分を許せない。


「起立、礼。ありがとうございました」

二〇二二年一月。高校三年の三学期になると、登校日以外はほとんどの生徒が学校には来なくなった。

みんな、受験勉強に集中するためだ。

だけど今日は登校日で、久しぶりにクラスメイトと顔を合わせた。

「おいっ、優吾、久しぶり！」

昼休み。教室を出ようとしたら大夢に声をかけられた。

「なぁ、優吾はどこの大学受けるのか、いい加減教えろよ」

「大夢には関係ないだろ」

冷たくあしらうと、大夢は悲し気に眉尻を下げた。

出場辞退の一件があって以降、俺は仲の良かった大夢を含む、男バスのメンバー全員を避けるようになった。

その理由は、ふたつある。

ひとつは、男バスのメンバーと顔を合わせると苦しくなるからだ。

俺なんて、いないほうがよかったのにと考えてしまう。

傍《はた》から見たら大げさだと思われるかもしれないけれど、この苦しみは当事者にならないとわからないと思う。

そして、ふたつ目の理由は家族に関することだった。

誰にも言っていないけれど、じつは出場辞退の一件があったころに、コロナの影響で父さんがやっていた会社を畳むことになった。

そのときの俺は、両親と冷静に話し合う余裕がなかった。

結果的に、両親は俺が高校を卒業したら離婚することを決めた。

母さんは中学生の弟をつれて、実家がある北海道に引っ越す予定だ。

俺は気落ちしている父さんをひとりにはしておけず、父さんと一緒に地元に残る決断をした。

俺は、家の中がゴタゴタしていることを誰にも知られたくなかった。特に大夢をはじめとした男バスのメンバーには、絶対に知られたくなかった。

目標にしていたインターハイに自分のせいで出られなくなっただけでなく、家族までバラバラになる可哀そうなヤツだと憐れまれるのが嫌だったんだ。

「あっ、大夢くん！」

と、大夢と別れて歩き出そうとしたら、男バスの元マネージャーのひとりが駆け寄ってきた。

名前は、滝瀬六花だ。

滝瀬は俺に気づくと怯《おび》えた様子で会釈をして、俯いた。

滝瀬は部活中も、俺に対していつもこんな感じだった。

よくいえば控えめな大和《やまと》なでしこ風。悪くいえば存在感があまりない。

それでもマネージャーの仕事は、一生懸命やってくれていた。

もうひとりいた同学年のマネージャーの河野が賑やかで目立っていたぶん、滝瀬の働きぶりに注目する奴はほとんどいなかったけれど。

ときどき視界の端に映る滝瀬は一つひとつの仕事を丁寧にこなしている印象で、俺は密かに感心していた。

「お、お話し中だったみたいなのに、声をかけちゃってごめんね」

俺か大夢か、どちらに謝っているのだろう。

滝瀬の腫《は》れ物に触るような態度が癪《しゃく》に障った俺は、なにも言わずにさっさとその場を立ち去った。


その足で俺が向かったのは、体育館だった。

中に誰もいないことを確認した俺は、制服に上履《うわば》きという身なりで、体育館内に足を踏み入れた。

体育館特有の、ワックスとゴムの匂いが鼻先をかすめて胸の奥が締めつけられる。

胸の痛みに気づかないふりをした俺は、倉庫からバスケットボールをひとつ取り出すと、フリースローラインに立った。

そして頭上でボールを構え、膝をバネにして構えていたボールを高く放った。

緩やかな弧を描いて飛んでいったボールは、ゴンッ！という鈍い音を響かせ、ゴールリングに弾かれた。

床に落ちたボールが、ドッドッドッ……、という重い音を響かせる。

まるで、自分の心臓の音を聞いているようだった。

そのうちにボールが止まると、体育館内は静寂《せいじゃく》に包まれた。

『優吾！　ナイッシュ！』

『高槻！　パス！　こっちだ、走れ！』

目を閉じると今でも鮮明に、ここで過ごした日々のことを思い出せる。

コロナ禍に入ってからは練習時間が減って、フラストレーションが溜まったときもあったけれど。

それでも、ここで過ごす時間は楽しかった。

俺はバスケが大好きで、バスケをしている自分のことも好きだった。

「……なんでこんなところで、こんなことしてるんだろう」

閉じていた瞼を開いた俺は、自嘲《じちょう》しながらつぶやいた。

引退してもう半年以上も経っているのに、今さら未練がましくバスケットボールに触れている自分がくだらない人間に思えたのだ。

気持ちが一気に冷えていくのがわかって、思わず身体から力が抜けた。

――帰ろう。

転がっていったボールを拾った俺は、それを倉庫に戻して体育館を去ろうと思った。

一刻も早く、ここから出たほうがいい。いや、出ていくべきだ。

あんなに夢中になったバスケも、今はもう心を苦しめるものでしかないことに気づいて、落胆《らくたん》した。

倉庫に入った俺は、バスケットボールが入れられているカゴの中にボールを戻した。

そして踵を返して倉庫から出ようとしたのだけれど――カゴの中に見覚えのあるノートが入っているのを見つけて、足を止めた。

「これ……。部活中に、いつも滝瀬が持ってたやつか？」

使い込まれたA4サイズの大学ノート。

表紙には、【海凪高校男子バスケットボール部・記録】と書かれている。

気がつくと俺は、そのノートに手を伸ばしていた。

そして、なにかに導かれるように、パラパラとページをめくった。

ノートには滝瀬の丁寧な字で、チームに関することが事細かに記されていた。

二〇一九年十月の日付が書かれたページでは、俺と大夢が一年生ながらにスタメンに選ばれたことに触れられていた。

それ以外にも、例えば勝った試合でよかったこと、悪かったこと。

練習中や試合中に、顧問の田岡先生が言っていたことまでメモされていた。

すべてきちんと年月まで記されているあたりが、滝瀬の几帳面《きちょうめん》さを表している。

部員の一人ひとりの強みや弱み、果ては好きなものや嫌いなもの。身長や体重、バッシュの色まで書き込んであるページもあった。

「こんなの、ここに置き忘れてたらマズいだろ」

個人情報だだ洩《も》れだ。

俺や滝瀬を含む三年生が引退したあと、今の男バスのマネージャーにノートは参考資料として引き継《つ》がれたのかもしれない。

だとしたらやっぱり、こんなところに置いてあるのは不用心だ。

呆れて苦笑した俺は、ノートの最終ページをめくった。

「え……」

ところが、そこに書き込まれていた言葉を見た瞬間、俺の顔から笑みが消えた。

ノートの最終ページには、これまでとは違った力強い筆圧で、

【男バスのみんなの願いが叶いますように！】

という言葉が記されていたのだ。

その下には赤ペンで書かれた【優勝！】という言葉が、大きな丸で囲まれていた。

ノートの隅には、【インターハイ】というメモ書きがされた付箋《ふせん》が貼ってある。

反射的にノートを閉じた俺は、それを元あった場所に戻すと、マスクの下で下唇を噛みしめた。

心臓がまた、ドッドッドッ……という重い音を立て始める。

一度だけ深呼吸をしたら鼻の奥がツンと痛んで、目頭が熱くなった。

思わず目をこすったら、たった今戻したばかりのバスケットボールに目が留まった。

恐る恐る手を伸ばしてボールを掴んだ俺は、手のひらに力を込めた。

手はジンジンと熱くて、指先がしびれている。

ボールを持って倉庫を出た俺は、もう一度フリースローラインに立った。

見上げた先には、ゴールリングがある。

あの赤いリングとは、小学生でバスケットボールを始めたときから、もう数え切れないほど向き合ってきた。

シュートだって、何百、何千、何万回打ったかわからない。

厳しい練習に、嫌気《いやけ》が差した日もあった。

それでもバスケをするのは楽しかった。

チームメイトとときにはぶつかり、励まし合いながら、高みを目指して切磋琢磨《せっさたくま》した日々は、俺にとって何物にも代えがたい宝物だ。

だけど、大切だったからこそ、比例して許せない気持ちも強かった。

コロナパンデミックが起こり、散々感染しないように気をつけようと話していたのに、よりにもよって取り返しがつかない時期に、俺はコロナに感染した。

みんな、そうならないように気をつけていたはずだ。

そうなることは避けたいと思って、行動していたに決まっている。

もちろん俺も、自分にできる範囲《はんい》で気をつけていたつもりだった。

だけど、ダメだった。俺だけが失敗した。

練習は裏切らないとはよく言うけれど、関係のないことで台なしになったら元も子もない。

目標としていた大会の出場辞退を知らされたとき、チームメイトはどれだけ落胆しただろう。

みんなを傷つけ、失望させた俺には、バスケを好きでいる資格はないと思った。

俺が、自分を許せる日は来ないだろう。

きっと死ぬまで、俺は自分を許せない。

そう思っていた。

でも今は、こうも思っている。

――俺は死んでも、自分のことを許したくない。

と、ボールを持つ手に力を込めた瞬間、突然体育館のドアが開く音がした。

「え……」

振り向くと、そこには滝瀬がいた。

滝瀬も俺と同様に、驚いた様子で目を見開いて固まっていた。

「あ……。わ、私、先生から体育館倉庫にあるストップウォッチを持ってきてほしいって言われて、取りに来て……」

言い訳するように言った滝瀬は、視線をキョロキョロと動かしながら肩を丸めた。

そして早足で倉庫に向かうと、すぐに目的のストップウォッチを持って出てきた。

そのまま俺に軽く会釈をしたあと、体育館を去ろうとする。

「滝瀬っ！」

そんな滝瀬を、俺はとっさに呼び止めた。

滝瀬は、まさか俺に呼び止められるとは思っていなかったようで、また驚いた様子で目を見開いて立ち止まった。

「もしも……ひとつだけ願いを叶えられるとしたら、どうする？」

気がつくと俺は、そんなことを滝瀬に問いかけていた。

滝瀬が、伝説のことを知っているかどうかはわからない。

すると滝瀬が、一瞬ゴールリングに目を向けた。

また、ドッドッドッ……と、心臓が重い音を立て始める。

沈黙が苦しいのに嫌ではなくて、俺はやけに緊張していた。

「…………」

だけど、三十秒、一分、二分が経過しても、滝瀬はなにも言わなかった。

俺は滝瀬が返事に迷っているのだと思って、答えを待った。

それでも一向に、滝瀬が話し始める気配はなかった。

滝瀬は、なにも言えなかったのかもしれない。

ほとんど話したこともない奴に突然呼び止められたことで、怖がらせてしまった可能性もある。

「今のは忘れて」

案の定、俺がそう言って沈黙から解放すると、滝瀬は逃げるように体育館から出ていった。

パタパタパタという足音が遠ざかったら、体育館には再び静寂が訪れた。

俺は、たった今滝瀬が出ていったドアへと目を向けた。

そして、もういない滝瀬の姿を頭の中に思い浮かべた。

目を閉じて思い出せる滝瀬の姿は、マネージャーとして忙しそうに働いているところばかりだ。

特に印象に残っているのは、一年生の夏合宿最終日に花火をしたときのこと。

みんなが花火で盛り上がっている中、滝瀬は早い段階から片づけの準備をしていた。

そのときは、もしかして滝瀬は賑やかなノリが苦手なのかもしれないと思って声をかけなかった。

だけど、あのとき声をかけていれば、俺たちの関係も少しくらいは変わっていたかもしれない。

もしも〝友達〟と呼べる関係だったなら、たった今した質問にも、滝瀬は答えてくれただろうか。

「……なんてな」

いくら〝たられば〟を考えたところで意味がない。

自嘲した俺は、ゴールリングに視線を戻した。

海凪高校にはフリースローラインに立って願い事を口にしたあと、スウィッシュシュートを決めると、口にした願いが叶うという伝説がある。

いったい、誰が言い始めたことなのか。くだらない迷信だ。

バカバカしいことこの上ないけれど、初めて聞いたときには少しだけ夢のある伝説だと思ってしまった。

あらためてフリースローラインの位置を確認した俺は、頭上でボールを構えた。

「ふぅ……」

そして、心を落ち着けるように大きく息を吸い、なるべく長く吐き出した。

雑音が一切消えて、世界にたったひとりきりになったような感覚に包まれる。

——叶えたい願い事。

一瞬、インターハイに出場したいと、無謀な願いを口にしそうになった。

だけどすぐに振り払った。

同時に、頭の中にはつい先ほど見つけたノートに書かれた、滝瀬の言葉が思い浮かんだ。

【男バスのみんなの願いが叶いますように！】

その〝みんな〟の中には、たぶん、滝瀬本人は含まれていないのだろう。

俺は滝瀬と関わったことはほとんどないけれど、不思議とそう確信していた。

「……滝瀬の願い事が、叶いますように」

気がつくと俺はそう言って、膝をバネにして、ボールを高く放っていた。

俺の手を離れたボールは空にかかった虹《にじ》のような美しい弧を描いて、あっという間にゴールリングに吸い込まれた。

シュートが入ったあと体育館の床に落ちて弾むボールの音が、また、胸の鼓動とシンクロしているみたいに大げさに鳴っていた。

つい先ほどまで、その音を聞くと苦しくてたまらなかった。

だけど今は、不思議と心地よく感じられた。

「……やっぱり、もっといろいろ話してみればよかったな」

なんて、今になって後悔しても遅いけれど。

滝瀬が去っていったドアにもう一度目を向けたら、自然と笑みがこぼれていた。

「ハハッ……」

誰もいなくなった体育館で、つけていたマスクを外した。

そっと目を閉じて深呼吸をしたら、心を覆っていた黒い靄が、少しだけ晴れたような気がした。

ふと、体育館の窓を見上げると空は青かった。

清々しいその青を見ていたら、自分に問いかけずにはいられなかった。

俺はいつの日か、また胸を張って、好きなものを好きだと言えるようになるだろうか。奪われた日常も、いつか取り戻せる日が来るのだろうか。

わからない。

だけど、何度理不尽《りふじん》に打ちのめされても、前を向いて歩いてきた俺たちなら、きっと大丈夫な気がしている。

俺は信じたい。信じている。

またいつか、隔《へだ》たりがなくなった世界で、当たり前に笑い合える日が来るはずだ。

だから、どうかそのときには、始まりのこの場所で。

「もう一度、きみに会いたい」

Fin

あとがき

このたびは『願いをつないで、あの日の僕らに会いに行く』を、お手に取ってくださり、ありがとうございます。作者の小春りんと申します。

新型コロナウイルスが世界を混乱させるようになってから、そろそろ四年が経とうとしております。

今回、この物語を書くにあたってこの四年間のことを、あらためて振り返りました。

当たり前だったことが、当たり前じゃなくなる不安。それぞれの立場によって、悔しい思いや、つらく悲しい思いをされた方が、たくさんいらっしゃると思います。

私も、コロナ禍で思うように会えないうちに、介護施設に入所していた大切な家族に自分のことを忘れられてしまいました。

そう考えると私自身が一番、時間を巻き戻したいと思っていたのかもしれません。

でも、現実では物語のように都合よく時間は巻き戻せない。

今ある現実を受け止めて、日々を生きていくしかないのです。

だけど、生きていくって決して簡単なことではないですよね。

物語の中にも書きましたが、だからこそ私は、〝生きている〟だけで十分すごいことだと思います。

大変だった時間を乗り越え、今、生きている。〝生きているだけでえらい！〟です。

これからの未来が、コロナ禍前以上に、明るく輝かしいものでありますように。

最後になりましたが、素敵な表紙を描いてくださったピスタさんはじめ、本書に携わってくださった、すべての皆様。

そして今日まで支えてくださった、たくさんの読者様に心より感謝申し上げます。

貴方とこうして〝繋がる〟ことができたことに。

そしてこれからも貴方の周りに、笑顔があふれますよう。

精一杯の感謝と、愛を込めて。

二〇二三年十二月二十五日　小春りん

小春りん先生への
ファンレター宛先

〒104-0031 東京都中央区京橋1-3-1
八重洲口大栄ビル7F
スターツ出版(株) 書籍編集部気付
小春りん先生

この物語はフィクションです。
実在の人物、団体等とは一切関係がありません。

願いをつないで、
あの日の僕らに会いに行く

2023年12月25日　初版第1刷発行

著　者　小春りん
©Lin Koharu 2023
発行者　菊地修一

発行所　スターツ出版株式会社
〒104-0031
東京都中央区京橋1-3-1　八重洲口大栄ビル7F
出版マーケティンググループ
TEL 03-6202-0386（注文に関するお問い合わせ）
https://starts-pub.jp

印刷所　株式会社 光邦

DTP　株式会社 光邦

Printed in Japan
ISBN 978-4-8137-9293-2 C0095

※乱丁・落丁などの不良品はお取替えいたします。
出版マーケティンググループまでお問合せください。
※本書を無断で複写することは、著作権法により禁じられています。
※定価はカバーに記載されています。
※対象年齢：中学生から大人まで

めざせ作家デビュー！

野いちご作家大募集!!

コンテスト開催中！

野いちごなら　小説を読むのも書くのも全部無料
スマホがあればだれでも作家になれる！

こんなレーベルで
書籍化のチャンス！

単行本

野いちご文庫

野いちごジュニア文庫

コンテストももりだくさん

どのコンテストに
応募するか迷ったら
まずはココ！

野いちご大賞

ピュア恋や
ドキドキするホラーが
書きたいあなたは……

野いちごジュニア文庫大賞

開催中のコンテストは
ここからチェック！

野いちごは
こちら→